驾鱼而歌

——『白鲸』纪念诗选

1993
—
2021

江飞 主编

合肥工業大學出版社

图书在版编目(CIP)数据

驾鱼而歌:“白鲸”纪念诗选/江飞主编 . —合肥:合肥工业大学出版社,2021.9

ISBN 978-7-5650-5406-8

Ⅰ. ①驾… Ⅱ. ①江… Ⅲ. ①诗集—中国—当代 Ⅳ. ①I227

中国版本图书馆 CIP 数据核字(2021)第 178290 号

驾鱼而歌

——“白鲸”纪念诗选

江 飞 主编　　　　责任编辑 张 慧

出 版	合肥工业大学出版社	版 次	2021 年 9 月第 1 版
地 址	合肥市屯溪路 193 号	印 次	2021 年 9 月第 1 次印刷
邮 编	230009	开 本	710 毫米×1010 毫米 1/16
电 话	人文出版中心:0551-62903205	印 张	13 彩 插 0.5
	市场营销部:0551-62903198	字 数	228 千字
网 址	www.hfutpress.com.cn	印 刷	安徽联众印刷有限公司
E-mail	hfutpress@163.com	发 行	全国新华书店

ISBN 978-7-5650-5406-8　　定价:52.00 元

白鲸诗社成员在海子墓前举行悼念仪式（1993年）

白鲸诗社成员在海子故居前合影留念（1993年）

白鲸诗社成员在海子墓地合影留念（1993年）

白鲸文学社成立15周年纪念活动，成员在敬敷书院重聚（2008年）

白鲸文学社成员在海子墓前献唱（2017年）

白鲸文学社连续20多年举办海子故居行活动，与海子亲人合影（2017年）

白鲸文学社参加诗歌交流会，三任社长在海子墓前合影（2019年）

白鲸文学社举办皖江笔会，成员于安庆师范大学红楼门口合影（2019年）

白鲸文学社创始人何冰凌携诗集《春风来信》返校演讲（2019年）

白鲸文学社成员参加安徽卫视《皖美旅拍》节目录制（2020年）

白鲸文学社社服背后印有社团宗旨“独立　纯粹　先锋”

白鲸文学社历版社徽

序　一

苍　耳

苍耳，本名李凯霆，作家，评论家；祖籍安徽无为；著有大量散文、随笔、诗歌和理论批评文字，出版有散文随笔集《内心的斑马》《纸人笔记》、文论专著《陌生化理论新探》等；长期担任白鲸文学社顾问。

"白鲸"诗托邦

20 多年前，"白鲸"的出现是一次诗歌事件。当然，那时候并没有多少人听到它的响动、瞥见它的游姿，所谓诗坛其实距它还很远。想想 20 世纪 90 年代初的沉闷、清寂和荒芜，以及随后而来的全民下海的汹涌大潮，"白鲸"的跃现是逆流而动的，泼皮而且充满喜感。写作此序时，脑海中不禁浮现着那个雪后的下午，阳光透亮，黄挺松和李潇第一次来到教研室，与我倾心交谈。此次交谈的直接果实便是筹划在安庆师范学院成立"江岸"诗社，后来天鸿和我分别去安庆师范学院做过诗歌讲座，见到了何冰凌、王霆等校园诗人。次年开春，白鲸诗社破"岸"而出。为了这个命名，听说世庆兄冥思苦想捻断了几根须。

最初的"白鲸"是活力四射的，除了编印诗报、举办诗会以及盛况空前的"蓝白之夜"，尤值一提的，我认为是去查湾祭拜海子、看望他的父母。那时候，海子远未受到诗坛公认，诗界感兴趣的不过是探讨其山海关卧轨之深因，并喋喋不休地进行象征性描述。谁会想到海子远在穷乡僻壤的父母——死亡事件最直接最绝望的承担者？二老不仅悲伤过度，贫病交加，还得面对村人异样的目光。20 多年后回想起来，我仍感慨"白鲸"诗人（含安庆诗人）此举极富人性和诗性。对照一下某个著名诗人将海子大量手稿据为己有、至今拒不归还的虚伪和卑鄙，"白鲸"诗人可以称得上具有宗教般的真纯与虔敬了。满满当当的一车人来到查湾，不仅抚慰了生者、安顿了亡灵，还打消了村民中的不实传言。其时，海子遗骨尚未安葬，其居住过的土屋还在，遗存的图书散乱地放置并散发着霉气，吹过土岗上的松林和麦子的风是寒凉的。那是一个无比幽暗的时刻，但清光毕竟从它的内部一点点地透射出来。此后，“海子热”持续升温，直至有一天他的墓地被搞得面目全非，土屋、松林、麦地都不在了，只剩下空荡荡的广场、不断修饰的墓冢和空泛矫情的朝拜。现在我不敢去那儿了，不想也不忍听那个亡灵再次诉说：有些你熟悉的东西再也找不到了。

白鲸诗社（1997 年更名为白鲸文学社）的持续成长，是与安庆诗人的互动密不可分的。沈天鸿、余怒、宋烈毅、沙马、苍耳、安媄、丁振川、黄涌、江飞等诗人，都不同程度地关注和参与过白鲸诗社的活动，为“白鲸”注入了活力和锐气。一批批“小白鲸们”从这儿奔向大海，他们中的大部分也许并不从事诗歌写作，但他们承受过古老智性的现代光照，心底埋下了诗性宿根，依然会使他们在严峻的生存竞争里葆有一种温良和静气。在我看来，高等教育的要义并非仅传授知识与技能，更应该传扬人性中的美善与人文思想中的精髓。

必须强调的是，他们中的小部分仍坚守着最初的诗性理想。“白鲸”诗人毕业后带着共同的“胎记”活跃于五湖四海，参与或构建着新的诗歌群落，成为骨干分子。20 多年后，这么多散布在不同“水域”的“白鲸”诗人以各自的诗作汇聚于此，是否可以视作正在形成的诗学现象？尤值一提的是，落脚深圳的张尔、潘漠子最初创办民刊《外遇》，其后张尔独立承办下半月刊《诗林》，直至最近几年新创大型诗歌季刊《飞地》，每一期我都要浏览，觉得此刊前卫、大气而且包容，品质堪称一流，影响远播国外，吸引了一大批路数各异的新老诗人，已然成为中国诗歌在南方的基地和引擎。然而草创时期，张尔每年自掏几十万元办《诗林》和《飞地》，没有强大的“白鲸”精神的支撑是不可能的。还有担任《安徽文学》副主编的何冰凌，主持诗歌和散文栏目，为人做嫁衣，矻矻穷年，为省内外诗人守护着一方绿荫。

当然，专事"诗"业的"白鲸"诗人毕竟是少数，大部分仍以写诗为"余事"，其中不少考上博士，走上了文学、艺术或文化的评论与研究之路，如周斌、谢轶群、鲍栋、蒋旅佳、章朋等。其中周斌的张恨水研究、鲍栋的前卫艺术批评、谢轶群的文化研究，均可圈可点，粲然可喜。

就诗而论，"白鲸"群体的诗作大都质地绵韧，戏谑与尖利并存，追问寓于反讽之中。"我懂得了/在雨水这面镜子面前/植物比动物沉静/低级动物比高级动物隐忍"（李潇《一个人的六月》），"周遭寂静，季节轮转积累/不知何时在体内种下凉的骨/摸不到，取不出"（李进《深夜的骨头》），"墙角孤艳的紫薇，整个是我的/她追着根撑着花，对于季候私自的/试探和冥思，是我的"（黄挺松《孤独是完整的》），皆截取个人史中的某个疼痛经验，直面存在中的阴影，在持续的低语和省察中绽露词锋。

邵勇的《诗歌日记》系列，将内景与外景突接在一起，软的口语中裹着铁片般的尖利，呈示了形上与形下、坠落与爬升在生命体内纠缠的迹线，以及对虚无的恐惧。"刺槐划过的光线已不是光线，/再往上一些，像沿着光束爬升的尘土，/我看见我第二次坠落的时候，/青春的发育已不再完整，/脂肪被捆紧，骨头在硬。/肉体的尖叫消失了。/往上，再往上一些，慢慢的，/……/再往上，再高一些，是可耻的。"（《诗歌日记：2000 年 6 月 13 日》）

潘漠子在《深夜抽烟的人》中质疑："认识他吗/一个从房子里剔除出来的东西/一只被咬了一半的东西/是什么东西/是废纸的他吗/是烂苹果的他吗/一场突然崩断的交谈，有他吗/一节失语的电池，是他吗/一封被退回来的邮件/他被退回了吗/是一个停工的工程里/卡住的他吗/是一首失败的诗歌里/吐着泡沫的他吗/那闪烁的烟头/是他的、是夜的出血口吗"。诗中对"他"追问，其实就是对自我存在的追问，不难体味现代都市人的悬浮感和荒诞感。相比之下，周斌的质疑充满了一种不断分裂的思辨，正与反皆具刃口，词锋所及理趣横生：“它是构成这个世界的/元素的元素吗？如果不是/为什么你看到我/也会觉得我陌生？/可是如果是，那就意味着/生活，从来不是必需品。/它的悲伤，也就不能证明你/或者我的愚蠢。”（《小童话（三百八十六）》）鲍栋的《棉袄猫》来自个人记忆的某个原型物象，生存经验、情感质素和语词游戏被他幻化在一起，因而喜剧式地改变了我们对于时空的感觉：“猫一旦奔跑/地板就是我们的大地，而椅子则是悬崖/在桌角转弯时/一只猫遇到了今天生活的转折点”。

在“白鲸”诗人中，牛慧祥的诗属于另一路：冷凝节制，回旋缠绕，在视线游离中生发禅意。牛慧祥的《即景》系列别开一面，肯定否定交替，偈语式断句，颇耐玩味：“一生/两个想法，不适宜的天气，迟到的/问候，坐着，站着，坐着，不，/还是坐着。这就好了。阴影里/一句话，今天，全是桦树的错，全是/叶子，没有悔恨，只有叶子，/叶子，叶子，或者，没有叶子。”与之类似的是黑光，他更多的是在从病痛中领悟，达至超然的禅境：“云心，尘心，层层/更是灯心/命里百虫嗜血/百虫建塔”（《自身》）。两位诗人深得传统神韵，见山是山，种豆得豆。

女诗人夏春花、何冰凌、邱志君等人的作品，也是各具特色，其婉曲、生涩，甚至尖叫，正如“那一树梅花也开得存疑”，“这四处漏风的身体。/这不科学。/我已经35岁，有时失眠，/装睡莲，假正经。/生物钟也紊乱，心里长茅草。/但是，‘女性先于女人来到身体里’。/我也曾是每个月被痛经折磨得脸色苍白的处女。”夏春花的《七月大》有着普拉斯式的女性自白，大胆而任性。再看何冰凌的《茗洲行》：“患过敏症的姑娘突然惊呼/房间里少了一人/此时彼地。有人梦中出游/有人历经生死”，不安、焦虑、恍惚，使平静的旅行变得诡异，尽管“春风依旧浩荡”，但已是“惊雷扑入怀中”。

限于篇幅，不少“白鲸”诗人尤其更年轻诗人的作品，无法一一点评。事实上，后续的“白鲸”诗人如宋家彬、李光耀、李瑞、汤文、魏成银，显示了早熟的锐气，令人欣喜。

从白鲸诗社到“白鲸”诗群，这20多年历程类似一个同心圆在不断扩伸。其能否成长为一个诗歌流派，尚待未来的读者和专家品鉴、定位，但它无形中已然建构了一个诗托邦，倒是毋庸置疑的。回溯这个“圆心”，它的成长历程也屡经“阴晴圆缺”。在白鲸文学社成立15周年庆祝会上，我说过：“人们往往只记得它的辉煌，却忽略了它的艰难与黯淡，那种难以为继的困窘、咬牙撑持的彷徨、灯火阑珊的冷寂。”好几届“白鲸”骨干们都体味到了。此次将历届“白鲸”诗人的作品加以结集，是一次梳理、检阅，更是一种召唤与敞开。除了共同的“胎记”，“白鲸们”的游姿各不相同，“孤独难以消除就像我们难以/穿过彼此”（刘安然的诗）。

谨以此序祝贺“白鲸们”纸上还乡！

2016年12月9日

序　二

余　怒

余怒，当代诗人，著有诗集《守夜人》《余怒诗选集》《余怒短诗选》《枝叶》《余怒吴橘诗合集》《现象研究》《饥饿之年》《个人史》《主与客》《蜗牛》、诗论集《诗的混沌和言语化》和长篇小说《恍惚公园》；先后获第五届红岩文学奖·中国诗歌奖、2015 年度《十月》诗歌奖、漓江出版社第一届年选文学奖·2017 中国年度诗歌特别推荐奖、第四届袁可嘉诗歌奖等奖项，作品被翻译成英、德、日、希等多国文字；长期担任白鲸文学社顾问。

有什么样的语言观，就有什么样的写作

我极少答应为人写序，一是由于这种文体不合我的脾性，受人邀请，无论如何总要违心说些好话的，但有的赞扬我担心说不出口；二是由于我有惜时如金的怪癖，总怕在一些无意义的事情上浪费时间。但当白鲸文学社现任主编邱志君邀我为《驾鱼而歌——“白鲸”纪念诗选》作序时，我一口应承下来。这不仅是因为我与这些作者大多结下过深厚的友情，更重要的是他们中的一些人的写作为我所欣赏、看重，他们的写作已然成为中国先锋诗歌波澜壮阔图景中的一条支流——无论他们的当下处境是隐是显（这无关紧要），这一点已为诗歌界一些有识之士所觉察到。

自白鲸文学社成立之初，我就与这些年轻人结识，由其创始人李潇，进而接触其他成员，一届一届，绵延至今。虽然他们性情各异，以及由此引发的个人写作风格千差万别，但他们身上学子的单纯、他们对于诗歌艺术的挚爱之纯粹总是令我感动。我知道，单有这个远远不够，但唯有这个，方为写作步入理想之境的基石——唯一的基石。我们每个人都要在这样的纯粹与世俗的名利观之间做出自己的选择，这很难，但他们中的一些人显然做到了。即使在离开校园多年之后，我看到他们仍然像以前一样，没有被生活磨去诗人之为诗人的这种秉性。

几乎每一个时段，白鲸文学社中总会出现几个有别于诗坛风尚的优秀诗人，从邵勇、黑光、何冰凌、潘漠子、张尔（大伟）、鲍栋、周斌、牛慧祥、夏午（夏春花）、憩园、刘安然、李瑞，到一大群正在转变观念的在校诗人，一代代的“白鲸”人向汉语写作贡献新鲜的陌生血液。偏离甚至远离整个时代的写作风尚，这一点十分重要，无论是在作者的写作之初还是贯穿其写作全过程。倘若没有这种特性，就会在历时和共时的集体言说中无以发声，最终在文学化的言语活动中沦为对他者的复述。这就是写作者具备某种意义上持续的“先锋性”（它每每被人误解、诟病、攻讦）的必要性。虽然道理很简单，但我们的习性很顽固，这简单的道理被人性中的对一些庞然大物的天生依赖性复杂化了，成为一种自恋式的集体无意识。

我曾将写作划分为仿若“见山是山”三境界的三个阶段，即诗化（文学化）、非诗化（去文学化）、诗化（文学化）。而非诗化（去文学化）必得贯穿写作的始终，最后一个阶段的诗化（文学化）是更高层次上的非诗化（去文学化）的表现。所谓的“先锋性”便与此相关。其中，作者的语言观尤为重要，对语言与世界的关系、语言与言说的关系的探讨应成为写作的第一要务，只有洞悉了它们之间的关系，此后的写作活动方会显出价值；否则，写作将是盲目的、行之不远的、无效的、徒劳的。

关于语言与世界的关系。萨丕尔曾这样说过：“人类并不只是生活在一个客观的世界中，也不是一般为人理解的社会活动的世界中，而是生活在一种具体语言的掌控之中……‘真实世界’在很大程度上无意识地建构于一个民族的语言习惯之上。没有两种语言足够相似，以至于可以视为再现同一个社会现实。不同社会居住的世界是不同的世界，而不仅仅是带有不同标签的同一个世界……我们之所以有现在的这些视觉、听觉及其他经验感受，都是因为我们所在社会的语言习惯预设了某些解释的可能性。”语言不过是对世界的一种解释。语言中的概念、分类、判断、因果认知等东西影响并形成了我们的思维方式。语言就像一个玻璃罩，我们总在它的里面看世界，我们永远摆脱不了这个玻璃罩，走不到它的外面看世界。准确地说，这个玻璃罩和我们一起构成了“我们”，语言和我们一起构成了“我们”。语言导致我们认为我们看到的世界就是如其所是的这个样子。在这个意义上，我们说：语言即世界，语言即存在。故此，那些纠缠于在诗歌中如何分辨所谓语言与存在、语言与灵魂的写作者们完全是庸人自扰。

关于语言与言说的关系。语言承载着人类社会所有的认知和思想，每一个句子里都隐藏着一个或数个思想家。当你说话的时候，不是你在说，而是历史中的他者在说话，很多死去的前辈同时在说话。语言就是他者言说的总和。用语言来言说我们的感觉，几乎不可能，或者说我们只能言说被语言命名的感觉，个人独特的感受被同一化了，你用现成的语言来言说，结果说出的是他者的认知。所以，我常说：不要相信语言。

理清上述两种关系是写作的基础性工作。只有建立起新的语言观，并为其观照，写作才有可能成为区别于他者的“我”的写作，同时也才会融入汉语诗歌的滔滔巨流中而不至覆没。这是一种“非表达”的语言观，它是与将语言作为表达思想、认知的工具的既往文学观念相悖的一种语言观。而这种观念将是当代写作与传统文学划分泾渭而又并力融合的关键所在，是之所以出现“胜之形”的“制胜之形”。

同时，我们应当知道，知晓了上述两种关系并不意味着写作风格的单一，语言观虽然是写作的基础，但持有相同的语言观并不会使我们的写作面貌趋于一致，相反，它会使写作呈现出各不相同乃至迥异的风貌。“白鲸”诗群中的这些对语言持有相似看法的诗人，在他们各自经验、知识、性情背景的浸润下，其言说方式几无形似之处。邵勇语调冲和、语速缓慢、略带忧郁，构筑着他的“日记体”；黑光用语素常，节奏却欢快，有陶渊明“南山”之闲逸而少其“将芜”之微怨；牛慧祥语义清晰而多变，在自言自语中有一份老僧禅定的宁静；何冰凌、潘漠子、周斌、夏午以他们身上难以化解的抒情性赋予语言以柔韧，在语义迁延中一步一景，以险取胜；张尔、鲍栋、憩园、李瑞以与当代艺术相平行的现代思维方式重组语义，致力于驱逐他者，以崭新的言语形式言说人之存在。他们共同印证了“继承传统”只有在“创新传统”（或者干脆点说“反传统”）的基础之上才有意义。现在，更多的年轻人加入了他们的行列：李光耀、魏成银、邱志君、倪大玉、任伟、苏童、汤文、杨雯汀、张萍，他们都是在校学生，还刚刚开始，而他们的选择就是他们的未来。这样一群人的写作会去往哪里？假以时日，我们将会看到——尽管我们中的多数人已经看到，尽管一些人装作没有看到。

在“白鲸”诗人群中，还存在着另一种风貌的写作。李潇、黄挺松、邬云、许洁、李进、李大鹏、蒋旅佳、章朋等人，在延续诗歌的言志传统的同时也时时有所创新，他们依然在写着、摸索着。他们因挚爱诗歌这门古老的艺术而与我们同在。

2016 年岁末

独立

纯粹

先锋

序　三

何冰凌

何冰凌，中国作家协会会员，中国文艺评论家协会会员，鲁迅文学院青年作家英语培训班学员，第四届中国文联中青年文艺评论家高级研修班学员，安徽省第二届签约作家，安徽省作家协会诗歌专委会委员，安徽文学艺术院副院长；出版文学评论集《时光沙漏》、人物传记《我心飞翔——郑和平传》，与友合著文化随笔及文学评论集《话说安徽》《散文安徽》等，诗集《春风来信》获安徽省社会科学奖文学类二等奖。

驾鱼而歌，高过天空

——“白鲸”诗歌大展综述

白鲸，是大海中美丽而神秘的生灵。在麦尔维尔的小说《白鲸》中，白鲸——莫比·迪克是一种自然力量的象征，更是强大自然的一种具体体现。那是在1992年秋天，时任安庆师范学院团委书记的诗人陈世庆老师和在校诗人黄挺松、李潇、何冰凌等及安庆众诗人一起谋划筹办诗社事宜。陈世庆老师几经斟酌，将诗社定名为“白鲸”。他解释说，鲸是海洋中最强大的生命体，人类对以鲸为代表的地球动物的肆意屠杀，实际上是对自我生存环境的毁灭，以“白鲸”为名，是出于对人类自由生命的关怀与憧憬。

随着朱峰、王霆、张铜、许洁、邬云、江建军、陈志军、姚要武、李飒飒、周明、黄岳华等校园诗人加入，创立诗社时机成熟。1993年3月4日，安庆师范学院白鲸诗社正式宣告成立，聘请院党委书记张伟，学生处处长时新中，著名诗人、诗评家沈天鸿，中文系教授、诗人汪瑰曼，著名诗评家、散文家李凯霆，文学博士、著名文学评论家胡继华，院团委书记、诗人陈世庆为顾问。

在沈天鸿老师的直接关心和支持下，1993年五一，诗社在安庆日报社印刷厂刊印第一张《白鲸诗报》，其发刊词《旗杆已经高过所有的天空》，措辞热烈，激情飞扬。《白鲸诗报》很快在诗坛产生了强烈反响，全国各地的信件雪片般飞来。著名学者、文学评论家胡继华在《愿捐血肉躯，来演大道行——从〈白鲸〉谈起》的诗学论文中，剖析了早期“白鲸”诗人对生命本原力量进行征服、驾驭、表现和书写的3种情感表现方式：其一是铸造情感又回避情感，走上一条与词汇博弈，在语言游戏中进行野蛮流浪的途径；其二是在诗歌中寻觅大写情感，书写普遍忧思的神圣化或古典化道路；其三为展现异在情感，开拓异样直觉的异在情感之境。论文从理论的高度上为“白鲸”诗歌作了准确定位，为“白鲸”诗人的创作指明了方向。

白鲸诗社和安庆商业学校蓝色鸟诗社进行长期的诗歌交流，两校诗人曾联合举办多场“月光诗会”。1993年5月，诗社在成功组织狮子山公园笔会后，又在学校小礼堂，与蓝色鸟诗社共同举办大型诗歌文艺晚会——“蓝白之夜”。1993年10月底，社长李潇和主编朱峰率诗社新成员远赴江南大渡口，举办江南改稿笔会，在美丽的大自然中寻觅灵感。诗社队伍不断壮大，到这年的年底，社员达一百多人。安庆师范学院成为安庆诗人进行诗歌活动的据点。在礼拜五晚上，安庆诗人沈天鸿、余怒、李凯霆、沙马、宋烈毅、金肽频、叶卫东、丁振川等陆续到来，在明亮的灯光下，诵读诗作，然后解析、批评，甚至争吵。“诗歌礼拜五”活动，作为白鲸诗社和安庆诗人进行诗歌交流的固定节目，一直到文学院搬迁至龙山新校区才不得不中止。15年间，安庆诗人沈天鸿、余怒、李凯霆等来校举办诗歌讲座达数十次之多。面对面的交流，心与心的碰撞，使得社员们直接受益，诗艺得到迅速提高。

1994年春天，时值诗人海子逝世5周年祭。白鲸诗社和安庆诗人共同发起第一次大规模祭拜海子的活动。高河查湾的一个短松岗，一簇空心砖和石棉瓦围成的低矮土坟里，躺着我们的诗歌皇帝——海子。诗人们拉着“春天，十个海子全部复活”的条幅，吟诵着海子的诗篇，流下了悲伤的泪水。此后，社员们每年春天都来查湾看望这位为诗歌献身的“瘦哥哥”，掀起了一波又一波中国诗人祭奠海子的热潮。1994年11月，白鲸诗社第四期《白鲸诗报》付印，诗社举办大型专题诗歌文艺晚会——“驾鱼而歌”，“白鲸”迎来了它的辉煌期。一大批诗人，如黄挺松、李潇、何冰凌、朱峰、王霆、邬云、邵勇、许洁、张铜、潘漠子、程艳中、大伟、可人等纷纷发表作品，开始在中国大学生诗坛崭露头角。

1997年秋天，随着邵勇等主力诗人的毕业，诗社出现青黄不接的局面。在张宝平、周锦狮、丁士武等诗人的努力运作下，诗社更名为白鲸文学社，同时聘请著名作家石楠为顾问。从1998年秋天，鲍栋、周斌、徐勤林、张道明、阿牛、夏春花、李进、胡源、李大鹏等，一直到现在还在校的蒋旅佳、章朋、李博，一届又一届诗人，接过“白鲸”诗歌的接力棒，让“白鲸”诗歌生息、绵延下来，并获得巨大的荣耀和成功。1999年，白鲸文学社在《大学生》杂志社举办的全国高校文学社团创作擂台赛中脱颖而出，勇夺“擂主”称号，此前，只有北京大学五四文学社和湘潭大学风华文学社获此殊荣。2005年，《白鲸诗选》结集出版，是对“白鲸”诗歌的一次历史性回眸。2006年，安庆市文联《振风》杂志隆重推出“白鲸”诗歌专辑。同年，“白鲸”荣获安徽省高校“十佳优秀社团”标兵称号。2008年清明节，“白鲸”诗歌15周岁，几十位“白鲸”之子自发从全国各地赶来，为“白鲸”庆贺生日。《安庆日报》和《振风》杂志再次为“白鲸”诗歌开辟15周年纪念专辑。

“白鲸”诗歌出现在20世纪90年代文学（尤其是诗歌）创作的喑哑期，延续了80年代大学生诗歌运动的余脉，坚持了一种独立、纯粹、先锋的诗歌理想和人文精神。15年来，其培养出了众多的诗人，如黄挺松、李潇、何冰凌、王霆、张铜（水牛）、许洁、邬云、江建军、陈志军、姚要武、潘漠子、程艳中（黑光）、大伟、朱峰、余忠亮、可人、吴守珍、方逊、邵勇、蒋耀冰、孙海冰、张宝平、汪靖、程伟、张道明、周锦狮、丁士武、鲍栋、周斌、毛念岭（阿毛）、徐勤林、赵良梅、符茂兰、谢轶群、宋贤、牛慧祥（啊牛）、广寒、夏春花、程度、王旭良、江飞、金松林、范奎、王美玲、郑翠侠、李进、胡源、张本俊、许超、牧无羊、余徐刚、李大鹏、柳庆峰、黄晓庆、王生、靳伟、李家阔、吴中伟、陈锐、蒋旅佳、高磊、马燕、章朋、李希、戴磊、李博、黄坤、游庆文、葛启文、毕玉姣、刘凤武……这个名单，似乎可以无止境地列下去。“白鲸”诗人在校期间相继在《诗刊》《星星》《诗歌月刊》《中国校园文学》《中国青年报》《诗歌报》《诗选刊》《诗潮》《散文诗》《读书》《大学生》等刊物上发表作品共计200余件。诗社刊印的《白鲸诗报》《白鲸文丛》成为国内众多高校间进行交流且富有影响的民刊，许多诗人寄来自己的稿件，报纸先后刊登过多位著名诗人的作品。诗社涌现出如邵勇、黑光、大伟、潘漠子、周斌、鲍栋、徐勤林、阿牛、夏春花、王旭良、王生等众多优秀社员，他们中有的在校期间已经形成了鲜明的个人风格，走出校门后，能够继续坚持诗歌创作，大部分人在结束青春期自发写作的基础上，有所突破，逐渐成为中国诗坛有影响力的诗人，为70后、80后诗歌写作的主要推动者。一些著名诗评家这样评论“白鲸”和“白鲸”诗歌：该社团人数众多，创作热情高涨，且在意象的选择和语言的驾驭上体现出较高的水平。

本次“白鲸”诗歌大展编选了30余位社员历年来的诗作100多首，个性特色明显。王霆诗歌，仍带有早期的抒情痕迹，真挚，坦白，利落；啊牛的诗保持了他一贯的安静，《即景》系列大多通过瞬间顿悟，赋予诗歌自然的禅意或滋味，像“雨水在夜间到来”或“一个气态的比喻”；黑光诗歌沉静地触摸纤细的直觉感受，这种精微所致的纵深度，包含着诗人的想象和敏锐体验，让“一切孤独的日子，都爆有闪电”；周斌诗歌驳杂、幽微、才气逼人，他在场景呈现里试图捕捉或制造戏剧性，“清晨，水珠碎了，/不可避免的事情发生了”，给阅读者“尽可能多地包含技艺的快乐”（罗兰·巴特）；邵勇的诗混沌、孤独、内省而有力，他仿佛获得了像运用手术刀做手术一样的支配语言的能力，这种带着深度疼痛感的写作，暗示了“诗的另一面是悲伤”，或者“描述我们所丢失的东西”（阿米亥）；画家鲍栋，偶尔也会稀释、钝化其视觉哲学，持守着维特根斯坦所言的“对于不可说的一定要保持沉默”的戒律，在语词中折返通向外界的出口，“昙花开得有些艰难，每开一天，/都要献出一天”；夏春花沉湎于个体游戏中，“下午是刻薄的”，她偏爱通过将感觉中最细微的元素掰开、分裂，然后加以渲染，最终获得一种可以用“玄妙诡谲”来形容的诗意；潘漠子的诗歌，冷峻，富含张力，以锐利的加速度叠加诗意，“我的身体是一座精致的监狱/我的心里有一颗乌鸦的心/乌鸦歌唱乌鸦，我服从于我”；大伟诗中充满了对后现代情绪指向性的写作，他说，“我愿意靠近囚笼中的这只鸟兽/我愿意靠近/它的空虚、怀疑和胃”，互否、怀疑、宿命和虚无成为大伟惯用的诗歌表情；王生诗歌蕴藏了个人刻骨铭心的感悟和体验，代表着生命泪水垂落的方向；还有徐勤林的细碎斩截、王旭良的暧昧撕裂、张道明的浑厚深重、邬云的清澈与发现、许洁的悲悯和沉重、李潇的忧患与担当、张铜的短促和尖刻，等等，不一而足。此外，一些新社员，如章朋、蒋旅佳、葛启文、游庆文、黄坤、刘凤武等，皆表现出较好的诗歌潜质，令人欣喜。

白鲸文学社作为20世纪90年代以来出现的人数众多、有影响力的大学生诗歌社团，究其成因可大略归结如下：

（一）安庆的诗歌氛围。安庆出文人，特别是盛产诗人。桐城派文人朱书曾撰文曰：“吾安庆，古皖国也……神明之奥区、人物之渊薮也。”安庆可以称得上安徽诗歌第一重镇，当代诗坛的许多重量级诗人均来自安庆。

（二）海子的影响。1989年，安庆怀宁诗人海子在山海关卧轨自杀，他身后留下的麦地诗篇与青春期的诗人们有一种气质上的契合，海子成为“白鲸”诗人心中永远的诗神，去高河查湾祭拜海子已成为神圣的诗歌仪式。首任社长李潇在随笔《比我年长且永远年轻的海子》中说："安庆白鲸——查湾海子，查湾安庆——海子白鲸，我怎么也不能找出其中的因果关系。"2002级社员余徐刚，在校期间创作《海子传》，为第一部海子传记。

（三）诗人沈天鸿的大力扶持。《安庆日报》副刊成为"白鲸"诗歌的发稿基地，很多"白鲸"诗人的处女作是经沈老师修改后发表出来的。诗人沈天鸿不仅在诗歌创作上身体力行，在现代诗歌理论领域也有精深造诣，他的现代诗歌理论讲座给"白鲸"诗人提供了很好的精神营养。

（四）诗人余怒、李凯霆、宋烈毅、沙马等的直接影响。1992年前后，是诗人余怒的诗歌转型期，他完全摧毁了前期的抒情诗写作，投身到先锋诗歌的创作中，他自印的诗报《混沌》及长诗《猛兽》受到"白鲸"诗人追捧，这使得他们在初出手时就带有先锋诗歌的倾向，抬高了写作的起点。苍耳、宋烈毅、沙马等诗人也高度关注"白鲸"诗歌，成为"白鲸"的良师益友。"白鲸"诗人在离校后，仍然与他们保持很好的联系，邵勇、黑光、潘漠子、大伟、周斌、鲍栋、啊牛、夏春花等迄今已成为"不解诗群"的主力诗人。

诗人、评论家李凯霆（苍耳）在《振风》杂志新推出的"白鲸"15周年纪念专辑前言中说："白鲸文学社15周岁了！……'白鲸'波浪式前进的15年，横跨了2个世纪的激烈冲撞与交汇的海平线，与中国当代文学史尤其是诗史起伏回旋的航路相呼应，在苍茫大海的深处持续耀闪着独特的诗性光芒，为喧哗而虚弱的文坛和诗坛注入了'白鲸'的血性与浩气，以及它对自由的憧憬和搏击巨涛的渴望。这是一个回首与前瞻的蔚蓝时刻。我们突然感到大海安静下来了……在此，我特别怀念那些为白鲸文学社的创建与成长默默付出辛劳与智慧的年轻的同仁们。他们的身影消失在大海的波涛中，有的可能已不再写作，但我相信‘白鲸’仍是他们心中的梦——与‘白鲸’共呼吸的经历不仅划过一道青春的刻痕，更是滋生梦想和提升精神的恒久酵母。白鲸是大海的王者！我为白鲸文学社祝福，并期待他们更加辽阔而苍劲的声音！”

那时候，“白鲸”之子们特别喜欢奥地利诗人里尔克的名言：哪有什么胜利可言，挺住就意味着一切。现在，让我们重申这句话，面朝大海，祝福且期待。

2008 年 5 月 18 日

目　　录

潘漠子

鲍栋

牛慧祥

夏春花

宋家彬

刘安然

李光耀

李瑞

苏童

倪大玉

张萍

杨雯汀

独立

纯粹

先锋

李潇

L I X I A O

李潇，1970 年 10 月生，安徽全椒人，笔名皖梓；曾就读于安庆师范大学中文系汉语言文学教育专业本科班，白鲸文学社第一任社长；上海市作家协会会员，上海市松江区文联副秘书长、松江区作协副主席兼秘书长，上海华亭诗社秘书长；语文高级教师，执教于上海市松江二中；作品散见于《诗刊》《星星》《诗歌月刊》《诗探索》《诗林》《中国诗人》《西部》《上海诗人》《安徽文学》《文汇报》《文学报》等报刊，著有诗集《不动声色》《幸福如尘》《理想主义的暖》等。

一个人的六月

我被密集的雨声围困于夜的深处
这急促的雨水让我警觉

有多少委屈才会有这么多泪水
有多少不情愿的雨水被发配人间
城市满了，乡村满了
大小植物饱了，所有动物
集体散发霉的味道
所有能盛水的器皿和低洼
都处在一触即发般的危险境地
大海正在严阵以待

怎么惩罚我你才不这么委屈
我要焦虑到何种程度
你才能给人间露一个笑脸
才能让大海继续用蔚蓝的颜色
与蓝天白云对视

这个六月将载入我的个人史
不仅因为这密集的雨水、这令人警觉的潮湿
更因为在这个六月，我懂得了
在雨水这面镜子面前
植物比动物沉静
低级动物比高级动物隐忍
但我还是不能无动于衷

你从海边来

第一次相遇的风物与风景
把我俩丢失在人生的风雨之中
几乎零落成泥、碾压如尘了
但埋下了一颗重逢的种子

今天是冬月十五
又一个月圆之夜
种子在月光下开始发芽
正准备向果实的方向大步走去
谁也不能阻挡即将到来的春天

一想到盛大的春天
我沧桑的脸上立即泛起蔚蓝
登山时，我行走如海风
你就是那个带给我海风和蔚蓝的人啊

我用诗人的身份迎接你
把诗写在重叠的影子上
影子顿时有了海的博大和山的厚重

面向大海，春未暖，花未开
一首春天的诗正在慢慢生长

我尝试省察这残缺的人生

我把自己弄丢在人群中
我在父亲病逝的悲痛中荒凉

我在柴米油盐中忙碌
我在通衢大道上迷路

父亲并未远走
他一直在我的身体里醒着
母亲说我的走路、讲话
连睡姿和打鼾
像极了父亲

躲在人群中
我尝试省察残缺的人生
我倾心于俗世的纷扰
我热衷于做一种
把自己从人群中丢失又找回的游戏

有时，我还是我自己

午　　花

午间可以开成一朵小花
可以小憩成一小阵波浪
有人在把身体站成一棵严肃的树

一个误入春天深处的人
找回了闲置多年的时光和一把把青丝
遗失在草丛里的一串串秘密
正在纷纷扬扬

花的种子在公园游船上找到的
后来陆续开在缺少光线的午间密室

她不敢在阳光下绽开笑靥
每一朵娇弱，就是一种苦涩

她的妩媚和撼人的美
不能变成一个个熄灭的灯盏
作为一种花，午花要名副其实
要在自己季节里野蛮地生长和肆意地笑

春天面前，众花平等
给午花命名，午花要走进植物谱系
用她的美吸引万众的视野
用她的香气掀动挑剔的鼻翼

黄挺松

HUANG TINGSONG

黄挺松，1971年9月生，安徽怀宁人，笔名黄沙漫步，现居江苏昆山；曾就读于安庆师范大学外语系英语教育专业，白鲸文学社第一任主编；现为中学英语教师（教导主任、年级组长），中国诗歌学会会员，《海子诗刊》出品人，中国诗歌网“诗脸谱”诗人；作品散见于《大学生》《青春诗歌》《芳草》《诗林》《诗刊》《长江诗歌》《安徽文学》《大观诗歌》《天津诗人》《当代汉诗》《齐鲁文学》等，获评多种奖项；自印诗集《开镰·黄沙漫步诗作选》，出版诗集《安静的灯光》。

西　　藏

当青稞在篝火上的酒壶里坐化，
我的头颅将被谁还原成高原石？

假如纳木错湛蓝的水哭干泪眼，
她是否去热爱大昭寺的清风了？

等身头丈量每一寸屋脊的膝盖，
是不是也在抽打那洁白的羔羊
和云朵？谁绣的唐卡硕大星辰？

酥油的味道里生僻熟练的言语
和笑容止得住血汗吗？我看见
黑鹫为什么迟疑因而盘旋不落？

而我静躺仰望蔚然垂落的天际，
漫过须发的转经秘密萌生草群。

漏

比如打开门　一盏忘关的灯
倏忽亮起某天前　依旧的景象
以及因此　语调依旧的喟叹
是呀如此刻睡起　窗帘翕动
依稀何时　她让我恍然醒来
同样失语于　疑虑反复的梦境

生活怎样重现着　这一幕幕
我们所经历的来来往往

拉扯着大拉扯着老　我们
是否忽略了岁月　明灭的漏洞
行止的光斑　和不停的闪念

孤独是完整的

门卫呆板的闸口，整个是我的
整个暑假，它流光的七月和八月
是我的，你们带来带去的寒暄、喧闹
和车辆胡乱的鸣笛，是我的
它们抵消的烈日和残阳，是我的
墙角孤艳的紫薇，整个是我的
她追着根撑着花，对于季候私自的
试探和冥思，是我的

他们被时间切开的、无法自愈的伤口
和流失的血小板，是我的
楼上被我囚禁的书房里
幽闭着一切的气流，整个是我的
我学习包扎的阅读、焦虑和姿势
是完整的，是我的

我是整个孤独
忘我的麻醉师，和手术医生

茶中的马

此刻的会不会像从前发生着将来
一滴茶水划着瓶壁　泛动时光
我怀抱杯底的黑夜　坐化成雪

恰如一群风华清秀的驹匹
暗自挣脱草木深处
淡淡的蹄印通过了整个春天
汩汩的枝节

而我遗梦飞溅的雨花
又将热烈和深入地探望
溺水展开的心瓣呀摇摇欲坠

今夜的俗风是否依据了前生
以一滴叫茶的泪珠　把我
流放在湿苦的往返路途
随之为下一次艳遇埋伏根基

骏马奔腾在我举杯之前
谁能珍惜　我的不法之念
谁能痛恨　我的肮脏之躯

邬 云

W U Y U N

邬云，70 后，安徽安庆人；曾就读于安庆师范大学历史系，白鲸文学社创始人之一；作家、诗人，《安徽教育》编辑。

蜘 蛛

蜘蛛 从来就在被人遗忘的
角落织网
在黑暗的最深处
缝补破碎的日子
兀自向每一寸光阴逼近

就这么沉默掂量
生命承受之轻
并且不想让灰尘
落满网上每一孔守望

蜘蛛 一直在等一个人
孤注一掷地扑来
撞破柔软的一生

橘 子

大拇指和中指
捏在一起
薄而透明的指甲
撕开青黄色的旗袍

天亮了
空间的白色经络缠绕身体
铁匠铺的火炉

风箱里的风，铁钳咬不动
铁锤砸不烂

像是青涩年华　二八芳龄
黄色的花瓣
娇嫩多汁
此刻　吮了一口

没有隐忍的幸福
晨光瞬间射透窗棂

掰着云朵来品尝
不用数
一枚　两枚　三枚

蓑　衣

沉默了多少年
站成笔挺的姿势
是由于一枚竹钉的固执

斑驳的墙面
月光下斑驳的树影
民间的蓑草
披在村庄的肩头

缝制的村姑去了哪里
上衣与下裙
把现实和苦难联系在一起
把昨天和今天拴在
村口的小路

塑形领口排列十五张棕叶
月半过去了
日子就松软起来
蹲下　立起
行动自如

穿针引线实行定位　经过拍打
蓑面和蓑底的缝合
是水到渠成的事

灰　灰　菜

探出的绿色的臂膀
白细而滑腻的灰
是透明的语言
南山有蔓　北山有菜

是否知道　山外
有段旷世的奇缘
尧之品洁不及生命里的
一朵浪花

乱世里救命的稻草比
盛世饕餮大餐的点缀
更加楚楚动人

与众香为邻
我不忍再睹你的容颜
出入唐诗之中
你一再蝶变

不要错失　几千年
上下寻觅
灰条复灰条
采采何其劳

何冰凌

HEBINGLING

何冰凌，1971 年 6 月生，安徽桐城人；曾就读于安庆师范大学中文系汉语言文学教育专业本科班，白鲸文学社创始人之一。中国作家协会会员，中国文艺评论家协会会员，鲁迅文学院青年作家英语培训班学员，第四届中国文联中青年文艺评论家高级研修班学员，安徽省第二届签约作家，安徽省作家协会诗歌专委会委员，安徽文学艺术院副院长；出版文学评论集《时光沙漏》、人物传记《我心飞翔——郑和平传》，与友合著文化随笔及文学评论集《话说安徽》《散文安徽》等，诗集《春风来信》获安徽省社会科学奖文学类二等奖。

记住来来往往之花

花间的露水，也可以说是美人垂泪
是上帝清晨来不及收回的那部分小怜悯

他胸膛里的火车，呜呜地开来
梅花开到最后，连凋谢的气力也没有了
像结束一场疲沓的欢爱

现在回头看
那一树梅花也开得存疑
雾霾一天天深重
真相无可细究

只有我还在暮光里沉湎，那猩红的落日
消失在去三十岗的路上
我是虚空的，也是安详的
只有对人类尚存幻想的人
还在写诗
桃子此时还埋在我的怀中

我的腹中，仿佛孕育了一个新的生命
一种全新的喜悦，令我鼓胀

小　西　天

蔷薇就开到这里
你好吗？我轻微厌世
却没有一个湖
能够让我抱着去死

茗 洲 行

细雨其实是一种召唤
它持续地打湿河面，以及河面上的因果

在宁静的茗洲，比时间更慢的
是河水，它几乎忘记了流动

唯有新笋，急不可耐
一日长高一米。一个预言破土而出

患过敏症的姑娘突然惊呼
房间里少了一人

此时彼地。有人梦中出游
有人历经生死

而春风依旧浩荡
“惊雷扑入怀中”

致 梨 花

要经历多少疼，才娩出如此圣洁的颜色？梨花
——搅动春天全部伤感的蜜源

身穿亚麻布的天使来到人间。越来越白的
痉挛与舞蹈，如月下潮汐，枝枝簇簇

冲刷着沙滩。这盲人的花朵，少女的脸庞
三月小径的一侧，颤抖和沉默的羔羊

是悲悯的梨花。我惊异和受制于
她的白

这样的爱憎捆绑着人类
——你窗外的月色和梨花配合得多好

恰如灰喜鹊在枝头的轻唱
哦，有生之年，我将这样度过

许洁

X U J I E

许洁，1971 年 5 月生，安徽宿松人，现居合肥；曾就读于安庆师范大学政教系政法专业，白鲸文学社创始人之一；出版个人诗集《玻璃那边的风》。

在哑巴店

在哑巴店，百年老店不见了，可哑巴还在
一个喜欢看书的人，一个终日赖上酒影的人
大部分时刻在街头眺望，他似乎听不见
外面走路的风声

在哑巴店，汗珠总是排斥着我的眼镜
一个不谙农事之人，一个面对荒原发慌的人
只有雨水能够理解。当你手举镰刀
草木的泪，会不会也是我的泪

在哑巴店，疾病、饥渴、爱和勤劳
是黄豆和芝麻说出来的。这些古老的词汇
织出过很多人的梦，当一片白云悄悄经过
晃过大地的，真的只是日复一日的挂念吗

在哑巴店，只要一片树木和池塘也就够了
重新爱上一些事物吧，把黑夜撕到日历之外
哪怕有些痛还在呼吸之中来回窜动，有些叫喊
还会跑到天上，划出道道伤痕

暴　雨

雨像是在赌气，它会不会伤到自己
我都不敢眨眼睛了，我担心门关上之后
再打开，会不会涌出更多的泪滴

我住在鲤鱼山腰，山脚下突然可以开船了
鱼儿不认得斑马线和信号灯，鱼儿诧异
那些网和持网之人究竟去了哪里呢

都已经是下午了，雨声还在较什么劲
停不下来的雨，要让昨夜的灯火再安眠一次
或者让忙碌的汽车们再深睡不醒吗

吴老师的大门已经失守了，有别人家的宝贝
想去他的书房里看书。岳父也在不断地念叨
高家大屋的两间土房想怎样塌平他的记忆

还有老同学的湖汊，父亲侍弄的稻田
还有山里塌方的画面，和外出走失的青年
撕破天空的除了闪电，谁的哭声如此之亮

真想掐断这些雨！可惜没有太多的手指
池塘满了，河道满了，大路小路都满了
谁的视野被水面的事物彻底拦截了呢

痛在抢险之中……在混沌与灰蒙蒙的天空之下
认识血管和神经。此刻谁还想写诗呢
谁还想像暴雨一样倒灌你失陷的城池啊

哑巴店的树

我说树，你说森林。用一千亩去描述
谁会说孤独？树突突地来到异乡
看哑巴店的月亮
有些忧郁
有些水土不服

一条蚯蚓爬上来，想打听种树人的来历
而初夏快乐的虫鸣，都堆在芭蕉后面
企图叫响另一个春天。栽树的路还在
颠簸、延伸，剩下来的坦途
谁能继续步步丈量呢

在哑巴店，有许多受伤的绿
想让根追赶着根，让树陪伴着树
或许你不能理解，覆盖荒凉的意愿
有多么热烈，梦又是多么有力
陌生的耳朵因此遗失了熟稔的乡音

怀揣乡土的树木，总在期待飞鸟将至
池塘的绿也依次推开了表面的感情
此时的哑巴店，风和雨都歇了
落日一直保持缄默。唯有小街上的星空
还在一字一句地唤醒森林

小 药 丸

小药丸从瓶口滑出，又从掌心逃离
这些天生的小蝌蚪，注定与水相关
与一条河流的单纯、清澈和活泼相关

我很费解。相关的存在、躲避与消解
会是一种怎样的结果？小药丸五彩斑斓
总有释放不尽的分离和破碎的意义

寻找并捡拾信任。得失总在怀疑之中
这些带毒的小药丸，是否可以挽回
一个人的失忆，或者偶尔泣血的纪念

治愈系的星座，在黑夜中不断闪烁孤寂
药丸是它的孩子。在春天里害病的两个人
一定要等秋天才能拥抱彼此的欢愉吗

邵勇

SHAOYONG

邵勇，1973 年岁末生，安徽全椒人；曾就读于安庆师范大学中文系汉语言文学专业，白鲸文学社第二任主编；现工作于江苏张家港。

诗歌日记：2000 年 6 月 13 日

刺槐划过的光线已不是光线，
再往上一些，像沿着光束爬升的尘土，
我看见我第二次坠落的时候，
青春的发育已不再完整，
脂肪被捆紧，骨头在硬。
肉体的尖叫消失了。
往上，再往上一些，慢慢的，
音乐现出的童年的雨，
漫无目的现出的空虚，神秘，
再往上，再高一些，是可耻的。

诗歌日记：2001 年 4 月 2 日

晚间新闻插播“世界各地”时，
他打了哈欠，多年无言的生活让人虚肿，
今天的信写这样的内容：
一、不要去散步；
二、为什么，那些值得怀念的死者还活着？
终于，她真的来了，瘦的、软的她
从望远镜里突然就到了你面前，
记住，她出现不是为了孩子的出世。
那天，她从你的身体下面抽出她的身体，
她哭了，你不满足。

襄河岸边

不止我一个人住在这里。
你等，过了 9 月，一名 35 岁的花旦，

一个节育医生，几个梦想偷渡的人，
就会在暴雨平息的沙滩上闪现，
他们和我住在这里。每年生日的
那一天，溺水的一群人中，
我最先露出胎儿的身体，
湿漉漉地，爬回生地。
河堤上两排柳树浪荡多年，
呜呜的柳笛，阴魂一样，从春天开始，
一直飘来飘去。

我是我的影子

有一天推翻“牢狱”，这间
我从未居住过的词语，
因为你突然亮出武器，像一个习武之人
借几杯淡酒，在空气中虚构凶狠的招式，
却始终，和我的心脏保持两寸距离。
两个孤单的成年男子，容易互相饶恕，
容易被风吹走，面对远方
他们都有犯罪的冲动。
有时，你小心翼翼，捅开清晨5点钟的窗户，
世界还是没亮，
信鸽还没放出去，你，还是看不见我。

张尔

ZHANG ER

张尔，1976 年生；曾就读于安庆师范大学中文系文学秘书学专业，白鲸文学社第二任副主编；诗人，策划人，出版人；作品发表在当代诸多诗歌刊物及选本，并被译介为英语、法语及瑞典语等；曾受邀前往瑞典及法国等地参加国际诗歌节活动；著有诗集《乌有栈》等；发起过“新诗实验课”“飞地之声”“诗公社计划”等多项诗歌及跨界艺术活动；2012 年始，先后创办《飞地》丛刊、飞地传媒、飞地书局、飞地网络科技以及飞地艺术空间，专事文学与艺术出版、展览和交流计划，致力于建构内容创造与传播的全媒体平台。

半　日　谈

骤烫的车轮沿着江边高速
将车灯喷向灰霾的建筑
仪表拉响逆风警报
如果没记错，下一个桥墩
又一轮急转将迈过飞鱼机场
风光的无限
你拨开镜片，揉摁眼底粘连的海市蜃楼
右眉轻扬，恰巧接续上那里乌有的
翩翩鸟翅般的唇翘
此刻，电动车窗徐徐摇落
升起探戈的羽毛两瓣
精致的玻璃裸露着你们
蹊跷但也完美地嬉笑

梦中的中年派

乌云向他脱帽，致意，将雨点塞进
他风衣的领口，从那里，飞起一只
猫头鹰，旋转着羽毛与眼，在黑暗
中他们谈话如隔世的情人。

楼顶是这样的，萤火虫竖起尖耳朵
在天台上弹琴，唱歌，雪花打转儿
其中的一片幻想着外婆，粉红的外
公升上半空，蒙面是灯笼。

初春乃在菊江，一个中年派的学生
行至五柳先生帐外，白蚁啃噬了他
的书卷，幽兰东流，花生溺爱，房
梁的积雪化为洲上的鹦鹉。

她的眼神明亮，如雾中弥漫的风沙
将他层层围住。蚕丝也围堵着处子
那清晰的胃对应着一个骗术的制度
将彼此包裹，容纳，收复。

醒来似梦中，凌晨不睡是梦中，梦
像两只船桨正交织的蛇图。

野　兽　诗

恰如你胭脂盛开？时间的秤砣被乌有蹭破
三三两两，挂在热带的低矮绿化丛上
玩命的蜂鸟一字排开，齐刷刷地

唱起了赞美歌，风从翅膀间夹杂着
吉普的尾气，吞吐向西。再过若干红绿灯
打发几个衣衫褴褛的过路客，因为贫穷

落下声带的湿疹，举起波罗蜜的扩音器
在拐弯处，放大跛腿的靡音
那栋楼太高太快了，雨滴撇开瓦檐

绿色玻璃倒映生石灰的路面，红得发紫的
升降机载着半熟装扮的女文青，从
过道中梳乱紧蹙的低眉，像

波音机翼刮伤了半空的降落伞
双彩虹掠过半边脸，粉嘟嘟的娇嫩
差点要上非洲的仿弓箭，树杈托着

玩命的金属，多情躲不过乌云压顶啊
这满城凌乱的糨糊，舒展月光的丙烯
野猫屈从暴毙的象形，下一个路口

十字变成丁字，丝绸卷成背心
咄咄的赘肉横陈在狂飙的车身广告上
金融的抛物线拉拢了巨贾的恻隐

那里，花卉户对着包裹的野心
贪吃蛇散开扩张的野味，烂尾楼
点燃了野合的蘑菇云

程艳中

CHENGYANZHONG

程艳中，1971 年生，安徽怀宁人，笔名黑光，又名黑光无色；曾就读于安庆师范大学美术学专业，白鲸文学社第三任副主编；著有诗集《有情众生》《人生虽长》。

人生虽长

铅笔虽长，有写短的时候
人生虽长，有只剩最后一天的时候
一切都是瞬时
清风啊，明月
城市啊，灯火
虽然有许多疾病，但我爱
有许多刀尖抵着背，然我忍耐
我从淤泥里抬起头来
撑开大大的绿叶
大大的花朵
我无所顾忌了啊

多空啊，多亮啊
我要多一百只眼睛多好啊
多欢啊，多悦啊
我要多一千个手臂多好啊

在深圳

只有一种可能
可以坐下来好好休息

身体病了
带我走到草地上

一些无业的人早早来到草地
或坐或躺

或看报纸
或东张西望

他们都是一个人一个地方
头上有树荫，或身旁有矮木丛

什么时候我可以再次扛着背包
把深圳的大街小巷重走一遍

什么时候我能聚拢一堆云
下点雨，湿一湿那树下独坐的青年

病居梧桐山有感

临水观山，山清晰如婴儿
观我自己，不如山之静谧
我悲这人的世间，从不平静
而我自己，内心又何曾安息

自然而然
花儿开了
自然而然
泉水流了
自然而然
我就病了

我歇在这多树的山脚
一个轻度城市化的乡村里
周围没有熟人
少交游
少污染

多孤独
多自我洁净

我感激我的存在
和一切的生命体
花开落叶
悲与喜
流动与静默
不断锻造我

自　身

自身有碍，有爱，有泪边笑
有椰风拂，松月照

云心，尘心，层层
更是灯心

命里百虫嗜血
百虫建塔

你见我面冷如铁时
岂知我核子能量聚

愿活着，愿放松
遍地野草，无挂无牵

潘漠子

PAN MOZI

潘漠子，1972 年生，安徽怀宁人；曾就读于安庆师范大学美术系师资班，白鲸文学社第三任副主编，中国 70 后诗歌运动发起人之一；有作品见于《诗刊》《星星》《诗歌月刊》《大家》《花城》等刊物；作品入选《中国新诗百年大系·安徽卷》《现代诗经》《2007 中国最佳诗歌》等；现居北京宋庄，自由艺术家。

深夜抽烟的人

深夜，屋外
一个抽烟的人
与夜色如此一致
被合上的书
因阅读而张开的
文字的阴影
烟头以及文字的迷雾
因读过而生产的
词和词的黏性
几乎让他与夜色混为一谈

他从哪里来
是从过去中落下
还是从过去中升起
他留下了什么样的凹陷
被谁排挤到黑暗中
被加入了谁的黑名单
被谁的私人的黑暗所书写

而夜的胸怀接住了他
仿佛染缸，揉捏着白
仿佛瓦罐，封存了甲虫
属于容器的空洞
同时属于他
他在里面潜伏、奔走、独享
属于甲虫的盔甲
同样适用于他
属于甲虫的情怀，缩小了他

属于流星的背景，扩张着他
赤裸的他、抗拒的他
是断弦而不是唢呐的他
故乡身旁的远方的他

看见他了吗
那与黑色的瓦罐团结在一起的
那闪着瓦罐深沉的釉色的
那与积水、虫卵和野草砌在一起的
那座泥雕
那座严厉如碉堡的人
就是真实的他吗

那个处于蚊蝇中心的
那个区别于牛马的
低于牛马的
处于牛马边缘的
那个在猫头鹰眼里明亮的对象
那个因对象太多而失却影像的他
就是正常的他吗

听见他了吗
那甲虫卸甲的声音
梦醒的声音
转圈的声音，反转的声音
甲虫呼喊第二只甲虫的声音
甲虫希望被吃掉的声音
飞蛾报信的声音
接收微信的声音
你听见了吗
是他真实的声音吗

从里面被擂响的瓦罐的声音
瓦罐被推翻的声音
可能被捡走，被重新洗刷的
新瓦罐的声音
旧瓦罐的回声
听见嘲弄这一切的风声了吗
听见风声所激起的他吗
听见风声所尾随的
他和时针一起转圈的声音吗

认识他吗
一个从房子里剔除出来的东西
一只被咬了一半的东西
是什么东西
是废纸的他吗
是烂苹果的他吗
一场突然崩断的交谈，有他吗
一节失语的电池，是他吗
一封被退回来的邮件
他被退回了吗
是一个停工的工程里
卡住的他吗
是一首失败的诗歌里
吐着泡沫的他吗
那闪烁的烟头
是他的、是夜的出血口吗

指认他吗，掐灭他吗
慰藉他吗，转换他吗
收缴他吗，鼓起他吗

在深夜，如果来到了屋外
就预示着走进了异域
所有的露宿者和游荡者
都将重叠和化解于他
而他，仅仅是夜晚的一个亮点
或一个否定

鲍栋

BAODONG

鲍栋，1979 年生；曾就读于安庆师范大学美术学院美术学专业，白鲸文学社第五任社长；2006 年毕业于四川美术学院艺术史系，现工作生活在北京；评论文章广泛见于国内外艺术期刊、批评文集以及艺术类学术著作；曾为众多国内外艺术机构策划展览，其中包括 UCCA 尤伦斯当代艺术中心、朱拉隆功大学艺术中心、广东时代美术馆、上海民生现代美术馆等；2014 年，荣获亚洲文化协会（ACC）艺术奖助金，成为国际独立策展人协会（ICI）独立视野策展奖候选人；2016 年获得“Yishu 中国当代艺评和策展奖”。

棉　袄　猫

一

猫每天睡七次
每次醒来是一天

我的一天是它的七天
它的一生是我的十年

二

两只脚
把我带往别处
猫抓住我的鞋子
为了把我留在身边

三

我的鞋子是它的敌人
我的脚是鞋子的俘虏
我的手是它的同类
我是一群

四

猫总是仰望着刚刚打开的窗户
仿佛它能够看见空气
它看见空气新鲜的刚刚打扮好的样子

五

猫在沙发上变软了
它像变色龙一样变成了沙发

六

它毛茸茸地出现了
就在你湿漉漉地回来的时候

七

用眼睛去讲述气味，用鼻子去形容形状
用声音抚摸我们，用哈欠来照顾自己

八

有一匹马在它体内
有一匹马的马蹄在它的脚底
猫一旦奔跑
地板就是我们的大地，而椅子则是悬崖
在桌角转弯时
一只猫遇到了今天生活的转折点

九

“我没有见过老鼠，我见过
蝴蝶、蟑螂、壁虎与仓鼠
我见过热带鱼
还有水中的，镜子里的
那只不说话的猫”

十

“夏天到了
阳光总是占据着我的领地
可我除了睡觉没有别的办法”

十一

它跳上沙发
越过藤椅蹦到书架上
仿佛站在了
那个世界上最高的地方

十二

每次见到我
都像是第一次看见我的样子

每次它叫我
都像是出生以来的第一次呼唤

十三

睡着时
世界简单得只剩下两只耳朵
睡着后，它圆得像地球

十四

当我孤单得像一只猫的时候
猫就会到来

十五

如果一只猫聋了
它的耳朵就不会转动
它就无法飞翔在梦中

十六

跳到窗台上听秋声
听见雨滴、汽车与蛐蛐
秋声缓慢，慢慢地就睡着了

十七

身轻如燕
一只猫和一只鸟的共性
在空气里隐藏着

十八

尖的、软的、湿的、安静的、找不到的
所有的它的

十九

尾巴上尖尖的优雅与鼻子上尖尖的可怜
这个世界在细节上呼噜呼噜

二十

吃的是草
吐出来的是毛

二十一

每到九月
八月的体温冷了下来
天气越来越清晰
猫也渐渐变得温暖
但我们都不再健谈

二十二

白巫术有三种
打呼噜、眯眼、蹭
只有一种黑魔法在眼睛里
在黑暗处才会施展

二十三

棉袄猫，棉袄猫
带着一条尾巴逃跑

二十四

春天来了
树气里的猫被释放了

二十五

看见了大的东西
眼睛就变大了

二十六

身上的累和懒像两只猫那样
挤在一起
在整个冬天都不厌倦

二十七

吸尘器在地毯上的世界末日

二十八

听见咔嗒声，就认为是门
看见圆的东西，就以为是罐头
我听见它轻轻
轻轻地如轻骑兵

二十九

鱼的气味中的各种氨基酸
都使我发酵了

三十

喜欢所有的可以作为床的东西
喜欢躲在床里面的软

三十一

猫把睡眠密密地埋在尾巴里

牛慧祥

NIUHUIXIANG

牛慧祥，曾就读于安庆师范大学政法经济系，白鲸文学社第七任社长兼主编。

即景（一）

低头上山
有台阶若干
在山下
念及山之寂静
山不寂静
而名之为寂静
因为山上鸟鸣
没有鸟鸣
而名之为鸟鸣
你我初入山中
不必执着于此事

即景（二）

在冬天找到观察的方法。观察
而不必低头。一阵噪音，不影响他
和他。她迟到：醒来，睡去
醒来。一段铁丝网，是去年，也是今天
是同情，也是故意，决不撒谎
走，而不走到对面。窗子
多亏了窗子，极不情愿
半天才打开一条缝，连太阳
也倾斜了，它照射着

不至于有气无力。树枝摇了摇
假装兴奋。树与树在接近，人们
互相接近，他们的鼻子迅速接近。

仿佛模仿。听到风声，它迎着
风，风刮着风，风制止风。
篱笆拉长了影子，对，继续
拉长，真有经验。这是
回忆吗？看着，看着我，看着我们
互相看着，不想看。

即景（三）

我坚决反对一个多余的解释。影子的
狭隘，季节的更替，一生
两个想法，不适宜的天气，迟到的
问候，坐着，站着，坐着，不，
还是坐着。这就好了。阴影里
一句话，今天，全是桦树的错，全是
叶子，没有悔恨，只有叶子，
叶子，叶子，或者，没有叶子。
别的也是，不要问他：老枝丫？
老枝丫？老枝丫？老枝丫？老枝丫？
换成枯枝败叶也一样，换成你
也一样，我也一样，不可能不
一样。这样过分的问题，却有助于
回忆：变色，变暖，湿漉漉，忽然
尖叫一声。这样愚蠢的问题，
只存在于此处。

即景（四）

一场细小的雨，在记忆中更加细小
像一个女子，温暖、潮湿、郁郁寡欢

“雨水在夜间到来”
在一个南方小城里，表情黯然的建筑工人
正切割一块钢板，火星飞迸出去
穿过细密的雨雾

在细雨中，谁能敞开胸怀
无遮无掩的田野上，到处都是
湿漉漉的根蔓，像一些被遗弃的
软体动物的肢体，藤上是光滑的西瓜
硕大并且无辜
雨下了那么久，人们都回到了城市
有谁会收留那么多西瓜和
它们甜蜜的汁液

夏春花

XIACHUNHUA

夏春花，1980 年生，安徽庐江人，笔名夏午；曾就读于安庆师范大学政法经济系，白鲸文学社第七任主编；现工作于上海市青浦区教育局；著有诗集《遗已书》，作品散见于《人民文学》《诗刊》等期刊及各类诗歌选本，部分作品被译介为英语、俄语等；曾获“中国十大 80 后新锐诗人”(2011 年)、首届安徽诗歌奖“新锐诗人奖”（2015 年)、第二届“人民文学诗歌奖·年度新锐奖”（2016 年）等；曾参加第三届“新浪潮”诗会、第一届“中国青年诗会”等。

夏河是一条河

……你找不到的。
多好，你找不到——
它因仅仅属于我，而成为
一条无限自由、秘密的河流。

它从过去流到现在，不一定
从我流向你。
它从大地的裂缝流向云朵虚无
却不会流逝在时间里。
它反复流经我的身体，赐我
没完没了的涟漪、波纹、鱼虾鹬蚌
还有越流越遥远的河水与童年。
它允许我迂回曲折地返回，也允许我
径直离去，在城市五颜六色的
陌生人身上，嗅出自己的泥腥味儿。

多好的一条河。
多好，你找不到——

明　月　书

先生，“明月山气候温和”。
像我一样：刚才雨骤风狂，此刻
风和日丽，有鸟在密林深处替我唱着
一直想要唱给你听的啁啾。
有人坐着滑索去了对岸的云海，
再也没有见到他们。

如果是我，先生——
一定要提前写下遗书给你。
有人背靠山脊，坐在原地不敢挪动半步。
左边青苔正向时间深处蔓延，
右边肾蕨暗暗绿着一颗颗无涯的心。
这些不需要太多阳光的事物，一点也不像我。
我要更多的光和热，才不会在悬崖边
失声痛哭。
我曾咬着嘴唇用力发誓——
一生太长，流满一碗泪
就可以去死了。
四野风大，眼前便是万丈深渊。
记住这是我，先生——
我不是真的想死。
我还没有摸过你漂亮的大胡子。

七　月　大

可是，一个月都过去了，
例假还没有造访
这四处漏风的身体。
这不科学。
我已经 35 岁，有时失眠，
装睡莲，假正经。
生物钟也紊乱，心里长茅草。
但是，“女性先于女人来到身体里”。
我也曾是每个月被痛经折磨得脸色苍白的处女。

这规律的钟摆，只有两次停摆。
其一源自与一个男人的预谋
在一场法定的婚姻生活中，我们肆无忌惮

用身体里的火、体液招来闪电、惊雷和暴雨，而不必担心风声。
陌生人也纷纷摘下星星赞美，致以礼遇，
当我肚皮微微鼓胀起来的时候。
当我顺利成为一个男孩的母亲，并为此
大摆宴席。当然，没有人会傻到说
那是为了庆祝一场圆满的性事。
那秘而不宣的双倍欢愉，
像例假一样汹涌，每个月总有那么几天，
让人不得安宁。

第二次，如有雷同，纯属巧合。
当我们厌倦柴米油盐酱醋茶，名正言顺地
挥霍着所剩无多的火、体液与微不足道的羞耻感。
陌生人的目光也让人心惊，当我将一张验孕纸扔向垃圾桶。
当我擦干斑斑血迹，没有人
傻到说，你是一个凶残的刽子手
刚刚亲手杀死自己腹中的胎儿。
这秘而不宣的双重痛苦，
像例假一样寻常，每天每天，
不是降在我身上，就是降在我的姐妹身上。

每天每天，都可以哼着小曲儿轻飘飘过去：
七月大，葫芦爬藤儿瓜连瓜。
七月大，六神无主找茬茬。
七月大七月大，小小媳妇儿夜开花。

生日，或者疾病赋

每天中午，她都要用汗水浇灌身体。
每次抬头，她习惯顾左右而不言他。

35 岁了。她一次又一次
脱光衣服，对着河水哭泣——

“我每天为自己掘墓很辛苦。”
“我总是沉迷于自己身体里的香气，不能自拔……”

我每天都会见到她 35 次。
每次见她，我都要把双眼紧紧闭上。

李进

LI JIN

李进，1983 年 7 月生，安徽安庆人；曾就读于安庆师范大学文学院汉语言文学专业，白鲸文学社第九任社长兼主编；现就职于同安控股有限责任公司。

深夜的骨头

枕头下渗出的凉意
让耳膜生疼，无法避免
时钟拖累着身影和窗台的吊兰
缓缓移动，同样情景日历般重叠

夜色是阴影的美称
鸟归巢，人回家，隐于黑暗
无形的声音蹑手蹑脚
催眠着梦以外的一切事物

点根烟，不同于呼吸的
——呼、吸，这是一种语言
不加掩饰并发自肺腑
却无法翻译也解释不清

手指颤抖，远方似有万马奔腾
周遭寂静，季节轮转积累
不知何时在体内种下凉的骨
摸不到，取不出

有时我在想……

每一个春天都是新的
就如每一个清晨
新鲜、懵懂、毛茸茸的幼枝
隐藏着奋斗和堕落的爆发力

雨雪潜城，落叶回声
置身陌生的时间和空间
相似的场景慢慢重叠
是这一年，也是某一世

在深夜掏出耳朵，诉说
对时光的担忧和深入
大道通途，却荆棘丛生
火焰用以照明，却不毁灭

走一小步，丈量中年
仿佛从未长大，或已经老去
新年的钟声敲响，生肖更替
我把已知的希望，轻轻放进
这无法辨识的三百多天

与自己对话

夜色让路陌生，仿佛
置身另一座城，仿佛
你来过，并去过
记忆中相似的未名之路

路灯在树影中睡眼蒙胧
偶有车辆穿过，风起
寥寥行人衣领摆动
彼此无言，彼此过客

台词显得多余，此刻
移动的是躯壳和身影

脚步为证，时间正在走动
无须钟表，不知终点

一念之间，你在这
从回忆里走来，只剩轮廓
随着气温的下降而逐渐模糊
但一直保持与自己轻声对话

时空不可逆，中间的两个点
都是自己，不同的自己
互相对话，互相搀扶
一起走过这疲倦的人世

雪地、黑鸟、豌豆

气温降到波谷，滴水成冰
空气中有一层层无法触摸的膜
让血又冷又硬
动作迟滞，语言模糊

翻出最厚的衣服，裹上
看黑鸟在雪地里跳跃
撒一把绿莹莹的豌豆
任它啄食，任它溅起雪沫

冬槐枯枝满身，落叶早化尘土
空空的巢穴盛满雪
空空的某处盛满你的影像
随着另一个季节的到来而消失

晴天三日，冰雪融化
黑鸟不再出现，飞往何处
一颗遗忘的豌豆
在泥土的内部等待发芽

李大鹏

LI DAPENG

李大鹏，1985 年 3 月生，安徽桐城人；曾就读于安庆师范大学文学院汉语言文学专业，白鲸文学社第十任社长兼主编；安徽省作协会员，桐城市作协秘书长，桐城诗词学会副秘书长；现工作于桐城二中团委；作品散见于各类诗歌刊物，合著有诗集《晨曦·鹏影》。

到崔岗去

凌晨醒来
妻子和三个多月的女儿还在熟睡
我起身，要到崔岗去
这短暂的离开是因为
身体已有容身之所
而灵魂缺少栖居之地
我想让她们
活在有芳草和蓝天的世界
一个文字偶尔开花的世界
想走就能抵达
那些手工和手写
没有完全消失的
更多的崔岗
即使诗歌越写越少
孩子，此身
留住一颗诗心就够了

我肩头的新世界

——写在第一个父亲节

我正在努力建造一个世界
在摇篮安放钢琴曲和旋转的玩具
在舌头储存唐诗宋词和小动物的叫声
在推车外设置了公园、球场和阳光
这只是终身工程的小小前奏
我肩膀上一个新世界正在生长

她八点一公斤
皮肤微黑，喜欢彩色事物
喜欢看一家人吃饭，微笑着流口水
她还不会翻身
却尝试站着认识身边的一切

给 艺 安

——写在你的第一个儿童节

那天黄昏，妈妈推着你散步
看的一个大花坛
就是你将要认识的世界
有名字的花，不知名的花
和丛生的杂草是一样的
嗡嗡的蜜蜂，花枝招展的蝴蝶
和沉默的蚂蚁群是一样的
泥土和雨水，风和月光
可以归为一类
向日葵、雏菊和鸢尾
那是爸爸努力要长成的样子
真的谢谢，孩子
让一个早已与我们无关的节日
像一个隆重的仪式

在鲁王山

三十年来我只往右走
直奔日渐衰老的村庄
如若左转

沿着鲁王河岸，进鲁徂山
就可穿越千年
看鲁王寄母，投子，试剑
听谷林寺的风铎梵音
把抗拒俗世之心加深
抱紧一棵在荒草丛中独立的青桐
骑一匹瘦马，不做侠客了
只做一个独善其身的书生
做一个渐渐发黄的柿子
自然掉落或是被摇落
全交给深不可测的因缘和秋风

蒋旅佳

JIANG LUJIA

蒋旅佳，1987 年 3 月生，安徽无为人；曾就读于安庆师范大学文学院汉语言文学专业，白鲸文学社第十二任社长兼主编；现就职于陕西师范大学文学院。

河　　水

看到这条河
就一阵清凉
那些年少的夏天
我们连同鱼饵同被鱼儿
带游他方

许多年后
外祖父被一条
遗失在河滩的鱼
无心绊倒
之后就再也爬不起来
外祖父一生就出过
这一趟远门

风吹过芦苇

白花花的一大片
少了些月光和湖水的夜晚
芦苇，常常是管不住自己的
脚，啪啪地合不拢嘴

周围是安静的，脸是热的
如果走着一个人
芦花也会帮着想心事的

风时不时地吹过芦苇
故事咿咿呀呀　没有结局

你我之间（组诗）

一

我开始写诗，你在看电影
时不时打断我，质疑
各种现实的可能性，实体诱惑和情节设置
偶尔发出一两声尖笑
滑稽比不得荒诞，你如是说

我写下
一个词语不会玩忽职守
读诗的人有时心不在焉
你等着心急
跳过不痛不痒的剧情
按住结尾，拉我共赏
不是每部电影都有高潮
你说，我听着

二

都跟你说过了，我不能喝酒
现在好了，我开始说胡话
满头是包

你，锃亮的额头
像个不受戒的弥勒佛
不避女色，妄谈红尘
玩弄宫墙柳

你动不动就袒胸露乳
邀我同晒那皮囊
我说我不能喝酒
我写诗歌，寄情山水
不敢妄谈爱情

三

你习惯性地先洒水后扫地，还妄图改造我
我总喜欢先理发再洗头
那些细小的附着物，道理和灰尘是一样的
这些我们看得见的和看不见的灰尘啊
像极了户外的蒲公英，轻轻一吹就漫天飞舞
“美好的事物就在我们身边飘忽不定”
而你冷不防地一盆水泼开，拿起扫帚就扫
“你看，这么多垃圾!”
我扑地一声被扫进一首梧桐更兼细雨的词中
宫、商、角、徵、羽拖泥带水

硬骨头或爱情
又到了这个时候
她对着镜子说：爱
是孤独的

每个夜晚，她吞进一片片黑暗
保护自己
她时常会梦见自己变成一只
刺猬，醒来后就在
空房间静等拥抱
而更多时候，她是罂粟
我渐渐喜欢上这种
疼痛、毒和拥有的窃喜
我说：爱，孤独

写诗是轻浮的
今夜我多想以一首诗的形式
返回那个有雨的夜晚

立水桥北

抑制不住想念的时候
就躲在地图后面
偷看几眼

北五环外的立水桥
你的名字挟持了我
童年沾染的怯弱

那些火车上迁徙的夏天
细腻得容不下任何雨水
若干年后，我滞留南方
开始想念北方的你
和那些短暂而又复杂的成长

我最终失去了北方
并坚决抵制不切实际的
幻想，不再回头时
才发现自己苦等的
只不过是一场雨
以及被此操纵的气象

章朋

ZHANG PENG

章朋，1987 年 12 月生，安徽枞阳人；曾就读于安庆师范大学汉语言文学专业，白鲸文学社第十三任主编。华东师范大学文学博士，现任教于惠州学院。

夏夜奇谈

在古树下乘凉
一条蛇挂在树枝上
他们谈到月亮的女儿
和风信子

祝贺蜥蜴爬上花朵
亲吻戴着大耳环的女人

她的耳环比脑袋还大
天亮时，昏沉欲睡
一只蜜蜂钻进她的木箱子

手

我在迷糊中捕捉一种闪闪发光的东西
它们镶嵌在牛皮纸上
害怕长毛的虫子
在夜晚的羽翼下
像一群没有面目的蝙蝠
飞行在黑暗里

但它们从不惊醒别人的睡梦
不会有急速转弯
也不让人恐惧
我的手，作为一种假设
绕开了它们内心的慌乱

昙　　花

这么多树都被我找遍
杨梅也熟了
她们在家中各自梳洗
你却做了一个叛逆的人

这么多树开着同样的花
我无法分辨
风吹着她们的
每一个方向

密集的树荫里
苍鹰聚集
在天穹和卑微之间
生长期很短

信　　仰

夕阳在你唇边
菜花覆盖你素白的面孔

我请愿，把我的语言拿走
将我的灵魂驱逐出境

让我住进水中
手持镰刀

宋家彬

SONG JIABIN

宋家彬，1985 年生，安徽怀远人，笔名憩园；曾就读于安庆师范大学文学院新闻学专业，白鲸文学社第十五任主编；主要作品有《立体主义的年轻人》《失眠诗》《吸蜜蜂鸟》《火烈鸟》等组诗。著有诗集《置身某处》。

在我身上留下了什么

以前晚上醒来，我写作
现在，我思考写作，却写不了
我所有的日子都不在你们的视野
我西装革履，我递名片，我轻吐烟圈
我侃侃而谈，我被我所分割
我拉开窗帘，星星明亮于往常
乐园路在 21 楼的眼睛里，模糊不清
更远处，庐山酒店的 logo 铮亮
广深宾馆，变成桔子酒店以后
我就再也没去过。你们，我住所之外
在路上，在办公室里，在地铁、飞机中
与我擦肩而过的人们，给我激情后的安逸
黄昏的时间，消弭于夜晚的时间，你我
在相遇的时刻里，被彼此发现，现原形吧
这不能被模仿的身体，在抚摸中，变得柔顺
每个人都睡了，只有一部分人睡着，其中
只有几个人睡得好，一个不认识的女兵
在身边，佯装我们熟识，和她耳语
凌晨两点钟的夏日，白白月光流在水泥地上
我在床上哼着一首儿歌。只有曲谱，没有歌词

昨晚发生了一件大事

起得越早，早晨越清凉。
五六点的深圳和八九点的深圳
是一天之中我们的两个极端

爱玩蹦极的人，有一颗火龙果之心
爱在河边散步的人，爱吃苦瓜
和苦瓜炖花蛤。爱掰钢筋的人

爱上早晨
一切都来得舒坦，灵感的四肢
八爪鱼一样松开，海滩一样明亮

那些爱过的和被爱的人
贝壳、小乌龟似的
被海浪送到你面前

梦游，或受惊美学

送完最后一拨朋友进酒店
我走在大街上，这街道早晨开阔
一到晚上就变窄
窄得只能容得下一天里的一个人
夜深了，每个人都在梦里走着

西装打扮的年轻人坐在路边呕吐
车辆、行人和树，形同虚设
卖避孕套的男老板不言不语，坐在门前
他旁边的一条狗从头到脚
被淋透了似的，脑袋贴着地面

有时写不出东西
我也会在这街道上走一走
超市倒闭了，茶餐厅起来了
优美世界没有了奥美世界来了
渝君鸡煲一年装修了三次

还要怎么样呢
我已胖成这样了
还能胖到哪里去
我只不过是走错了房间
我没醉，满满的一天只剩下一句话

立体主义的年轻人

用一个名字也有用烦的时候
将憩园更名拙蝉。以前我说一个
人，例如憩园。以后我可以说一只
人，例如拙蝉。从今以后，你们
读过这首诗的朋友，请这么喊我

名字只是我的幻觉。望着公园的树
在灵魂出窍的片刻
一棵树用尽了它的生老病死。
眨一下眼，树仍在眼前，树叶仍在树上
我想撞过去，我感觉撞过去了
穿透了一棵树

这并不惊讶
有时我感觉我穿透了京基大厦
一晚上我都在单间里做一件事
把水倒在杯子里，又把水
从杯子里倒进另一个杯子
最后杯子包围着我，拧开灯
我的影子被收敛在空杯子里

二十年前可不是这样
那时我是小学生，上课听命于老师

回家听命于父母。如今，他们都老了
我听命于谁？深夜我有些绝望
像《小黄人大眼萌》里的小黄人
活着必须听命于它们的 boss 才感到快活

被一盏雨下的路灯罩着的青年人，撞到了
80 年代诗人的朦胧反应。虫子们的聚会
他被掀开敏感的第一层，随即露出第二层
一天里的这个人，被轻易翻开过多次
仿佛他和他是穿不同衣服
感觉下的两个人，几根灯丝在灯泡里发光
一行行句子像蚕抽丝似的过完它的一生

刘安然

LIU ANRAN

刘安然，1992 年 3 月生；曾就读于安庆师范大学文学院汉语言文学专业，白鲸文学社第十六任副主编。

难以消除的

人都是孤独的
我们交谈陪伴、一起玩
在忙碌中忘掉这种感觉

赶不走的

孤独难以消除就像我们难以
穿过彼此

催　眠　曲

我渴望飞翔，像莱特兄弟一样
他们发明了飞机，我
写诗
失重时，我需要引导
你的声音
让我安心
入眠，一觉睡到自然醒

从早安到晚安

倦于任何隐喻和象征
我只想写一首简单的诗

日子总是平淡的，从早安
到晚安，多简单
多美好

日子是流淌的，该面对的总要面对
所以从某个夏天开始，一个渴望简单的人
开始学习如何经历 24 小时，从早安到晚安

焦　虑

我走着走着就要停下来
回去
自设的 deadline 让我紧张
为什么偏偏又在这路上遇到你
我慌张地拉起手边的桌布
巴不得马上罩住如此不完美的自己

你问我为什么看起来是向右边走
对，原本是。但我还是
选择了左边，这样就可以和你一起
多走一段小路

李光耀

LI GUANGYAO

李光耀，1994 年生，山西长治人；曾就读于安庆师范大学文学院汉语国际教育（非师范）专业，白鲸文学社第二十任社长；少量作品见于《安徽文学》《海子诗刊》《安庆日报》《振风》《季节风》等。

想　象

一整个下午你坐在那里。风吹过来。三点整
水面颤了一下。杯子以外的桌面上析出明显的光和影
现在正是阳光透明的时候。你剪着短发，寻求刺激

五次三番。语言的爬虫让你又开始痒痒。陌生感
你情绪晃动开始借助一只鸟、起伏的茶叶和一把梳子
所有理不清的。你看到自己走在桥边，比现在还要温暖
不见远方的捕兽器，云里的鹰喙。视线开始并隐没于草
你摸着短须留着长发一路向前，看到满世界的水。
四下里雷声渐起，皮肤迅速皱褶。你的不安
瞬间趋向深度困扰，看看手表还是下午三点
你开始担心，终于害怕不知道究竟哪个才是你

窗纱上一只苍蝇落下。你突然很想喝茶惆怅于月前
放假回家迎接你的黑狗和刚刚匆匆打点好的旅行箱
你学会了憎恨更多的出走和原地的想象

绿　茶

我喜欢绿茶而你喜欢
喝绿茶的感觉。雨从四楼
下到一楼。草尖陷入水泡深处
又是一个下午的忽明忽暗

你来时我宿醉之气还没散
若有光。你开门赶海也
赶走一切光滑之物，你交出

舌尖。脖颈上的小青石
比拴着它的皮绳磨损更多

这砥砺、游弋包括
你的脾气都是不可捉摸物
你递上舌根我感觉有淡蓝色
破裂。草尖滴穿海浪
我们中间隔着螃蟹

睡　　意

小雨之夜，想象随心所欲
说不清颜色的天空、双倍焦距
笔尖折在单瓣金盏上
想送你一个水桶包但又
不想它是任何形状。水溢出来
水桶盛满沙子。退潮时你
送的“桀骜”还余香未散
我睡意渐起，四下虚空
没有月光的沙地上你情绪蔓延
水桶被沙子挤得变形。你着手修补
它的严丝合缝使你大失所望
阴天里很多东西都是这样
你无奈于一只没有水的水桶
而我则被你困住

因　　为

四平八稳的生活有时平静得
让人感到后怕。就像现在

两手摊趴在这灰扑扑的阳台上
不管第多少次往外看，不变的
车棚、卷闸门、顺时针转动的身体

寻常日子该怎么处理才好
高楼大厦，孤独常在

天黑下来。看过新闻才发现
并没有新闻。不想开灯
这时候我需要一个多面体
当我们迎面撞上，它简单自我介绍
“哎”你好，我叫“啊”，它叫“哇”

李瑞

LI RUI

李瑞，1994 年 7 月生，山西忻州人；曾就读于安庆师范大学汉语言文学专业，白鲸文学社第二十任主编；少量作品见于《安徽文学》。

往山上去

路灯的光还没延伸到山顶
暗绿色的爬山虎一直蔓延，它没有
停下来的趋势。我可以理解一株植物
和一杆路灯之间的依赖关系

玄幻小说里的巫师们没有
堆满瓶瓶罐罐的实验室，他们
只需要一个简单的咒语和符号
就可以轻易变成其他的
植物和动物

春天快要结束的时候，我往山上去
植物带来整个世间所有的安全感，偶尔
让我愿意相信巫师
化身植物的奇妙法术

衰老之年

花开得晚了
相对而言
我的衰老在加速

花开在阳台
铁床掉绿漆
衰老就是这样
用一种声音激怒自己
再用另外一种安慰

麻雀翻飞每落到树梢一次
就会惊起一阵扑簌声

独 身 笔 记

有时候隔着玻璃，就想突然消失
就是那种，突然的，没了，或者
看不见了

我过于相信柔软、团状物和
短暂的水流，这么多年，你知道的
过得，好像也就那么回事，一部老电影

士兵，符号学家（明信片里坐在马车上的凡·高）

电锯声，长满刺的芦荟，电脑屏幕里
看一个中年人面对生死，有了悲伤，可以
把一个人过成两个人，但你知道的

灵魂的问题没法装在试管里

我想和你说一些事情

我想和你说一些事情
不是蛀牙和类风湿
是你不知道的那些

关于我越来越信命，越来越
相信一个人无端的死期和
门背后可有可无的鬼

我想跟你谈谈牵牛花
泥鳅，埋在南极的水果蛋糕
干枯的西红柿藤，空调

有节奏的滴水声。过了晚上
十点，我想冲下楼
跟那杆路灯并排

保持炮弹刚刚出膛
而悬空时的孤独感

魏成银

WEICHENGYIN

魏成银，1994 年 4 月生，安徽阜阳人；曾就读于安庆师范大学文学院汉语国际教育（非师范）专业，白鲸文学社第二十任副社长，少量作品见于《安徽文学》；现为上海师范大学比较文学与世界文学专业博士研究生。

老魏的十四种青春幻想

我试图模仿曹操。有时
会爱上一个已有归属的女子。这感觉情不自禁
像倾听一只在屋脊喵喵乱叫的猫
看到《爱你就像爱生病》，我立即
口渴起来
故意不喝水，这样可以体验或表演一个人的相濡以沫，或用
温度计
量出你的话语还有多少温度
这些都会醉成一句话
生活，你得原谅我

抒　情　性

最近，老有人想告诉我一个道理
飞机倒着飞会怎么样？上厕所可以少拿手纸吗
刚刷好的一堵墙可以被艺术家破拆吗
我只想告诉他们一句话：道理是一堆玻璃碴容易扎破脑膜

雨夜我们也喝酒

泡沫又翻了一圈
我们继续夹花生
外面的人听见我们在唱歌他们在淋雨
我们舔着酒杯在谈与整个世界发生摩擦的女人
不可避免
有人还是对我们哈哈大笑

这使我们的话题足以尴尬和潮湿
我们继续夹着花生米，好让一切恢复
他们依然笑着
就这样
雨也没停
还丢失了
一个
哈欠

照常闷热

是的。就这样，你看见了，在
一个有风吹过的夜晚
我朝你大吼，没有在意你对天气的反感

我们继续吵着。还不清不楚地走着
路人虽然也多看了我们一眼
却依然赶不上我们在白天里烦得那么透，
我们或他们
都想绕着对方走上一圈
挑衅一下双方
一天加一身的喜怒哀乐
但甲还是甲
乙还是乙
照常闷热
干燥不已

汤文

TANG WEN

汤文，1996 年 11 月生；曾就读于安庆师范大学资源环境学院旅游管理专业，白鲸文学社第二十一任社长；作品散见于《海子诗刊》《安庆日报》《振风》《守望报》《季节风》等。

柔度（一）

我尝试三天不说话
打手势，歪脖子，舔红唇
两腮的桃红憋着玫紫
夜晚总是爱咋呼，惊醒隔壁的咳嗽声和楼下吹嘘的小商人

我在镜子前一丝不挂
加强对比色后，摄影姑娘饱满的颗粒
蒸腾的雾气和羞愧的爱情
同样不需要滤镜

这三天雨也越下越大
焦躁也越来越大，看到旧作猛地惊醒
柔弱反射在隔天的傍晚
我在路上，遇到一个打耳洞诗人
汗如雨下

柔度（二）

夏天到了
我有三种活着的方式：喝水、淋雨和写诗

我说喝水也不真喝水
半凉半开的时候拿来蘸墨汁
墨度渗到藏掖着的抹胸，汗渍一样
夸大了一个女人前后一样的事实

我要淋雨，昨日三十度的大雨哗哗
楼顶急躁的喊叫，男的女的，短的长的，黄的红的
扒拉在雨碾碎的土里，都一样

写诗两年，困于达不到某棵树的温度
垂直生长的词穷和意象化的拙劣
天热了些
就更刺眼

小　记

烟头里有颗薄荷球
捏碎了再抽，冰凉冰凉
一口吐出一个故事

惯性宠溺门口的猫三个月
开始警觉，当我
看到牙齿上姨妈色的口红

对着镜子，长颈鹿似的喝水
镜子里的人睡着了
我瞪着她的梦
一遍一遍踩空

生　日

呼吸着同一个人两年多，厌倦，兴奋
所有能想到的事情，我们——
没做
上帝让你多点跳跃性

阴雨天的壁虎撞上一颗冥王星
我笑，你也笑
三十八个月前，我只会假装睡觉

允许我肢解你的耳朵，藏到我的
身体，下一个三月武汉不开花
耳钉坠坠喊我回来
在那之前，我都是蓝色
诗人转述的蓝色
你说想念我：用一大块颜料将你染红
安庆店的伙计叫我们滚蛋

我承认我在反复抒情（也许和明天的雪有关）
你瘫软下来，耸肩，抖抖怀里的上帝
整二十岁的你大了还是老了，反正你
一下子长高了许多

任伟

RENWEI

任伟，1996 年 11 月生，安徽滁州人；曾就读于安庆师范大学汉语言文学专业，白鲸文学社第二十一任副社长。

九月二十这天

我感觉我在重复转圈
不知道你是不是也有这种看法
过道里偶尔会走过几个人
有些是熟脸
一种奇怪的细胞
我最近在练习和它对话
也许我自己也是
细胞构成

一个人自言自语会不会
看起来特别奇怪
在一个固定的空间里
你有没有特别喜欢的
某个固定位置
我喜欢中间偏右　靠窗最好

教室里只有几个人
课还是要上
只要有个开端
后面还是要照着发展下去

遇到十字路口
就会自动生成选择
九月二十日这天遇上一个
阴晴不定的老师

关于写诗

写诗
和局部的痛痒以及
整体的欲望没有关系
可能是肌肉里一种特别
的荷尔蒙
比爱情短比昙花长

大多时候我沉默
你们谈论聊天
打着哈哈
到达一个高度是升华
我擅长欺骗

可不会表演
如果你在哪一个宿醉的晚上
梦见我　请不要叫我的名字

这是一个燥热的下午

冰棍化成一摊水
睁不开眼
站得高一点会凉快一点
扇面是静止的
三片叶子　顺序排列

睁眼看见来来往往的人
开始走偏

不想就不会动笔
不睁眼便不会写
睡觉做梦也是一种表达
摘下眼镜
模糊　分不清男人女人

习惯敲打
对圆柱体感觉陌生
肉体轻易沉迷
清醒变成一种填充
这是一个燥热的下午
和一具丧失理智的躯体
毫无疑问

欲　望　说

这是一个浮躁的时代
正面表达不了的
就从反面来
昏睡变成日常习惯
正面反面都解释不了
凉水激人带来错觉
热得发昏
动了动嘴张不开口
清晰听到骨头膨胀的声音
休息的时间一天比一天多了起来
对事物都有一个厌倦期
南方的城市都在下雨
泥土加重呼吸
听到的只有雨声

邱志君

QIU ZHIJUN

邱志君，1995 年生；曾就读于安庆师范大学美术学院环境设计专业，白鲸文学社第二十一任主编。

第七个纪念日

我了解男人，她说。我用两瓣唇了解他们
男人爱吮吸，细细的烟条
他们擅长交换语言，以及柔软物

她曾以鸡蛋黄的湿润走出浴室，听见床底下
蛇发出嘶嘶的声响
深处，藏着两只发光的眼睛
她曾吮吸过它的血液，灼热
点燃铁灰色的空气和夜晚

“喂养多么无趣啊。”她闭着眼睛说
然后翻转身子，和摊开的乳房一样的姿势
平整地进入睡眠

灾　难　篇

雨水不断，蜘蛛守住水源
地基严重受损，人民必须，丢弃房屋
身处灾难时仅仅是看着。这一切在发生。不可阻挡的
事情有很多，我们学习那女孩（假装失了忆）
多好啊！多好啊！来谈谈新的生活
滚滚大河里移动的清代花瓶
和废木头，终于一起远行。什么也比不上
新鲜的体验，应该时常这样想。在暴雨天
驱车上峰顶，感受一只野鸟的恐惧。下山的路
十分险恶，避开前面的视线，换个方向看
天窗上一片腐叶形似人偶，雨点东打一下，西打一下
皮影戏结束，当我们安全抵达平地

乱 线 岗

半个月了
日瓦戈医生就在我枕边
这期间，我们没有
发生任何接触
我感到羞耻
这时，朋友
我不愿谈话
我需要进入一个小笼子里
需要阴郁
还需要分析声音的形状然后判断
自己是在直线里
还是在潮湿的曲线里，这难免
外面那么多黏液
尽管搬来一桩笔直的木头作桥
也没能走过去

苏童

SU TONG

苏童，1996 年生，安徽六安人；曾就读于安庆师范大学文学院汉语言专业，白鲸文学社第二十二任副社长；少量作品见于《海子诗刊》《安庆日报》《振风》《季节风》等。

乌云最好在我头上

放下头发，在没有甲壳虫的马路上飙车
路灯突然闭嘴
红绿灯晒出的影子转到车灯名下
四条马路碾压过
浑身下了场咸雨
斑马线上的等于号
可证明
行人的存在　无解
空旷的马路上
自行车失了头斜冲乱撞

就像刚下了一场暴雨
路是湿的　无人出门
最好来一场暴雨
人出门欢呼
乌云在我头上

我试图走进一间琴房

我试图走进一间琴房
幻想即兴曲——
维也纳森林没有故事
卡门与 G 弦
海顿和莫扎特
比利时的尚・马龙弹不会我
喜欢的班德瑞

我试图走进一间琴房
琴房里没有钢琴，只剩——
落地镜和无数个我
一根毫毛不及两面镜子

就像二胡
诗人认为比不上 C 大调

数　数　说

不说话，话就会变少
说话，话也未必会变多
不想理睬的不仅是别人
围住我的不锈钢钢管二十六根在窗外
西边的红黄色圆球通过他们让光
折射三次在我的书桌，笔记本
敲击键盘让我想到了“踢踏”
一打打，二“嗒嗒”
门口
拖鞋打瓷砖，三“沓沓”

出门左转直走二百零四步右手边有我想吃的冰棍
超过三十八度的天气和体温
达三十九度时，我眯着眼躺了两个半小时
电风扇转，书页翻，楼下的狗叫了十五声
扫地的女人又是一阵啰唆——
我落的第一百一十三根头发

今晚没有星星，我数不了

置三十四层

走七十八步左拐是座石桥
红绿灯还剩下十秒，不够我走到对面
三十四层楼楼顶看不了全城
脱了鞋走在草地上
舒适由脚而生
标示牌上的字工工整整
去他的什么
负罪感
赤脚又碰上石桥，穿上鞋子吧
路灯暗了又亮
长椅上坐满了人，我坐在
自己的膝盖上
听不成人的孩子拿
石头敲铁路灯
叮咚的金属治愈不了
间歇性的耳鸣，还有蚊子声

还是三十四层最好
看不见人，迎面吹风生

倪大玉

N I D A Y U

倪大玉，1996 年生，安徽合肥人；曾就读于安庆师范大学文学院汉语言专业，白鲸文学社第二十二任主编；少量作品见于《诗歌月刊》等。

我想通过一首诗

这感觉来得很慢，又捉摸不定。我在这里，
捕捉不到。它们各自藏于幻象。早上八点，
需要一次确认。这一天不同，
你要反反复复确认：常规的日子得到翻新。
无外乎把一部分裸露，给你抚摸。
摸摸叶子，摸枝丫，摸摸耳朵。
花开了全部，这种感觉依赖经验。
我这么想着，可以看穿（类似于大师），
我想通过一首诗，用我虚构一切。花香包容
一行行句子的尖锐。

这也只是我想，有想过
不一定是真的（他让我真实啊别修饰），
一层层敏感解剖到这里，我忘了，一层层还是
一层一层。这叫人沮丧。

阴　天　里

阴天里我早起去教室，我以为不会下雨，直到
教室门口我仍以为不会有雨。选择靠窗的位置
坐下，拿出一本安部公房的《砂女》。你一定无法想象我
看书的模样（试想我黑着眼睛四处乱摸）。现在，雨开始下了，
悬在窗外。还是雨滴挂在窗外，奇怪。我坐在教室里
浪费一上午想它与“水悬在杯子外”的区别。
有一段时间了，我找不到好的词语影射。
无果的事情放放吧，来喝一杯卡尔瓦多斯。
想想遥远的样子，想想一天我递给你香烟，

我们扭动着身体，坐，谈，食。天还没黑下来
就开始形形色色迷醉。不过分地交谈，
不过分凝视，在一天一天的
光亮中，消耗名叫日子的东西。

雨停的时候，请允许我找个理由，
把这一切写进诗里，温柔。

某 状 态

一天里的一段时间，我必须
承受眩晕。风吹水木杉
转圈。吹玻璃
转两圈

前一秒，可以看见
卷毛狗，交叉双腿跳跃
我说得越快，它跳得越快
它的灵活性

保持兴奋不容易。转圈时
我也不能感受运动（想到这便开始忏悔）
身体之于我，是特例
一整天里摇摇晃晃

生活里有鱼

整天，我都用来酝酿情绪，好的，坏的。
脾气，如同昨晚梦见的鱼，区分不了
大的，小的。这几日，离不开鱼。

我触摸它，滑溜溜，溜溜滑走。

书翻开，读了几行，这个点
她伸展身体，伸伸手，踢踢腿，浇浇水
她说要大清理，过了劳动节，时间
卡在 7 月中旬，不上不下。
我把书翻到第一页，然后开始清理自己。

怎么都不明白，在她眼里每天都是劳动节，
鸡毛掸子，红扫帚，粒粒灰尘，我在其中
酝酿一整天。我明明看见她手里有光
弯曲，略带倾斜。一阵狂喜之后我不说，
说出就破坏。

我不说，我把情绪拆解成
一条条鱼。

张萍

ZHANG PING

张萍，1997 年生，江苏淮安人；安庆师范大学美术学院学生，白鲸文学社第二十二任社长；少量作品见于《海子诗刊》《安庆日报》《振风》等。

腐　烂　说

有一段时间了　我看不见鱼
湖里　湖边　食堂阿姨的锅铲上
和我玩起捉迷藏这种十几年不碰的游戏

电影里熨报纸的画面让我想到鱼
——捉住尾巴熨干　这样的镜头
无非是从湿滑转变到干燥（同理：张嘴保持呼吸道通风）
对付易腐的一切物品　延长保质期
今年夏天我有爱好
例如
对着啤酒瓶小声说脏话
为一些新闻偷偷发脾气
约上好友唱歌　打闹　消食　晒月光
借以证明心情愉悦

有时候要强迫自己
一遍遍整理　早午晚安之间的关系
这样很好　保留了鱼的很多滋味

常　　态

这一天结束　说服自己窝在沙发凹陷处
束起乱发和猫咪对峙
猫脸触感良好　我开始数数
一根指尖　三根指腹　两片手掌
柔软穿过这条路径　到达眼皮

它变得嚣张　用全身的慵懒扭动身体和毛发
索取安慰并且沿原路返回

和体温相同的天气　蒸腾着水分
我一遍遍数电影画面　它重播了三遍
眼前的小虫飘在《Reality》上方　如你所见
可能是 re 也说不准是 sol
高高低低转了几个圈　不必阻止

一种叙述

离开了水杯后　纸面上出现空白
延伸到目光　大脑　神经末梢
状况下　我对陌生人讲故事——《当我还在婴儿时》
寄给任何人都可以　只需标注："睡前阅读"

维 ABCD 吃了几天　没改变生活
除了必要的沟通　我学会了一直保持沉默
吃饭　唱 K　压马路
大叫一声："嘿　走啊——"把尾音拉成一条长线
可坐标［x，y］还没寄出他的读后感　关于
张牙舞爪　惴惴不安　这样的形容词
我还需要　小麦草　牛肉面
一杯啤酒顶着浓浓的泡沫　构成今夜

来自未知

"一年 365 天"有时会多一天
多一天你要重复　多一个……

比如沙漏漏了一地沙子和玻璃碴
你看见发光的玻璃碴　你生活里的尖锐
及石英　你的疙瘩

很多没道理的东西和脂肪挤在一起
地铁站里的人和早班的情绪在一起
你用胡椒撮合两块煎蛋
唤醒第 216 天的孩子　父亲和咪咪

这种重复——

揪着一根黑发想象它的苍白
托着乳房　眼袋　苹果肌上河流的痕迹
沙漏中央的旋涡和你的生活开始塌陷
"这仅仅是一部分"

杨雯汀

YANG WENTING

杨雯汀，1997 年生，安徽芜湖人；安庆师范大学人文与社会学院 2015 级学生，白鲸文学社第二十二任副社长；少量作品见于《海子诗刊》《安庆日报》《振风》等。

开　始

八月开始了
一号是个节日，具有象征性
以一个人的生日
作为开头，深夜十二点
拧不动的瓶盖
开始妥协，和一支笔，握得紧

舌头撬动一颗牙齿，动作重复
让我想到医生的工具比如
麻醉剂和钳子
导致了一场流血，这是后话

拿玻璃的人

拿玻璃的人没有什么不同
就像追风筝的人
拖地板的人
总要有个人拿玻璃

拿玻璃的人拿的是透明
就像你喝的水没有沉淀
眼睛里没蒙上一层雾
一张口他就接着叙述

拿玻璃的人什么也不想做
喝上一口老酒或者
看看今天和昨天有什么不同
手腕上也不会喷出什么颜色

拿玻璃的人斜眼向后看
没有发现什么
拆快递前激动，恨不得
用一根手指完成所有步骤
晃动的声音很单调
抱怨声太吵，让我
发了一通七月的脾气
受害者不详

春天的两三事

我们谈论紫云英
一边走路一边串在手上
做简易花环，或者只是圆圈
连线八九十年代的童年

这里桃树散长于村庄
这里桃花见于
茅草屋和高河的每一户人家

在铁门前对狗勾手指
它以一只狗的方式生气，跳着叫
攀爬铁门，伸出前脚
挑逗者做鬼脸，春天让她放纵

大片的黄色有一种契约意义
每一年都看油菜花，每一年
都和它们一起成为纪念
春天，我们只是这其中的两三件事

替代诗歌的部分

我恰在想
他的眉毛有没有抖动
化妆品店里那支笔的想法
一个烟圈吐出来
从干涸的嘴唇里
躲过牙齿的锋利，缓缓上升
又降落，颜色变淡
沉浮之间，有悲有喜
博得一阵沉默的掌声，和暗自唏嘘

空气里的烟圈一个替代一个
汩汩而上
人们依然讨论诗歌，用嘴
人们已经忘记诗歌，用眼睛

李荣驰

LI RONGCHI

李荣驰，1997 年生，安徽亳州人；安庆师范大学广播电视专业学生，白鲸文学社第二十三任主编。

蹈　天

从旸谷奔到邓林，我是夸父之足
一步千里。然而终究日落
我却不死，已而天幕改换，黑蓝的底色
唯独半白半黄不半不圆之一月高缀

我还追吗？能学夸父竭死
一路所见繁花似锦，婴儿啼哭
倘若摘下月亮止小儿啼，但又能如何
不管日月，人只该向前跑
又况不死

然而我不奔了，我见落日也好
见明月升亦然。天涯共对此时
我的身体若能化作桃林
我即刻躺下不起

姑苏城外

自有宋一代至今
城外渔火骎骎烁烁
摄影机前的青年男女
咧咧笑得自信
挺不错的秋风
吹啊吹啊
政府标语高高挂

世人苦不苦的
渡他干吗

鹿野小村

夜夜不睡
又呼呼大睡
鸟鸣溅溅
又听溪水
这样的情欲
一人看山一人纵
我不由得憎恨这世界
世界不知我憎恨它
沉默相对
云
蓝
我太可惜了
太可惜了
假如有人来
还是沉默相对
对到对方厌为止

奄　　忽

她和他的命运
全牵动着我
他们的命运
她们的命运

全牵动着我
好像那是我的命运
我在活着
我在像你们一样活着
你们的命运就是我的命运
你们的爱情就是我的爱情
你们的悲欢都在我心里经受着

隆世滢

LONGSHIYING

隆世滢，1998 年生，湖南邵阳人；安庆师范大学汉语言文学专业学生，白鲸文学社第二十三任社长。

美丽消亡

小女孩喊：爸爸，这个车好坏啊，我好不舒服。
男人抱她，用额头
碰碰她的额头，说：车好坏，宝贝最好，宝贝乖。

小女孩以“爸爸”为所有问句的起始。
男人的声音具有我
相似的疲惫。我的小女孩
在筹备春节，问孙女何时放假，何时归来？

挤过安检的两个老人
为拿错的行李箱大打出手。上车后
鼻塞与喉部不适逐渐严重。

年幼时，一道星光击中我，
从此原谅了苍蝇吸血、硕鼠食粮、
尘埃被我拍落等自然之状。

秦皇岛

没有长生的，陛下。丹方只是祖师爷一时
兴起，仙去并不见驾鹤。我们奉命记载他。

如果有长生，陛下，我们也授给百姓吗？
他们好苦，感情和身体日益衰坏。
我们传授道术吧，大家一起进步……

有，陛下，有长生。等到车同轨、书同文，
我去海外找药材，你在古国等我，
那儿孤竹不绝，生命的真谛在里面。

幼　　鼠

我们是可以共戴天的朋友。
你没咬过我，我没咬过你。

你来过我的家里借居，
花菜、鸡蛋由你吃得粉碎，
祖父祖母也没有驱逐你。

先辈的仇已经让大家两败俱伤，
再这样下去不是办法，我们都要革命。
有机会，可以在安全的旷野谈谈。

今天初次见面，为何你旋即奔走。
幼年，我要捡水瓶，掷石子惊过你吗？

积善之家

挥别谷风，我们步入高冈
倾筐的芙蓉、芳草，远道而来

我达达的马蹄是不公、是自负，一时情急：
"姑娘，你的衣袂弄湿了。"

万物习习。我放走了千里驹
目的地抵达了，或者误入了
终南山，一座无人居住的茅屋

何故落簪，何故落簪？镜中的你
不断追问。终于我放弃遁世法门

程明月

CHENGMINGYUE

程明月，1999 年生，安徽合肥人；安庆师范大学汉语言文学专业学生，白鲸文学社第二十四任社长。

灰色诗人

他们开始给我钉打标签
在翅膀初初生长的肩胛，一方“灰色诗人”来得欢喜
我用鲜艳意象状摹灰色世界——
艳绝一个“拆”字　跌落绽放的少女色彩
新式酒馆　男男女女俏丽的嘴唇碰撞
藤蔓与枯枝在老旧厂房纠缠不休
……
文字世界里人来人往
有姑娘带着方死的小巧羽翅
用鲜艳意象状摹灰色世界

第十一号

这是本月第十一号
已于昨日匆忙入住某山，小小的一罐
如果不是碑上的方寸黑白照
你不会知晓最后一面她多狼狈
四月末的城市开始狂躁
空气狂躁，生物狂躁，学校狂躁
——她没有
在窗边冷静一整夜后，安静跌落
连同她不曾表达的，不曾在试卷中假意幻想的所有想法
轻快地沉重坠落

老房子

“这间顶楼的房子二十年了”

小城盛行西南风

南边的墙体　一块，一块
随性地掉落
起初是前年的身高
第二块是少年慕艾的名字
后来是晚上睡不着的划痕、小时随手的贴纸、第一次画的大象……
裸露浅灰色的墙体

楼梯鲜红一个大大的“拆”

生理疾病与自我安慰

医生诊断病情
简短的话语里戳着点怜悯
“神经性头疼，不好多吃药的哇，
注意休息”

病人看看他，嘴角夸张地耸一耸
“您也不懂哇！
有只啄木鸟找我的小脑袋借宿呢”

冯佳利

FENG JIALI

冯佳利，1999 年生，安徽亳州人；安庆师范大学汉语言文学专业学生，白鲸文学社第二十四任主编。

与　母　亲

没有想象中的笑谈，我们之间常寡言，
我尽量找话题，她沉默，我也低头思考。
我偏头看她，目测低于我一头之高。
我在生长，她在萎缩。
白发又多了几根，我记得刚给她拔过。
这是她强烈要求的，她说白头发多了不好看。

晚间收拾应带之物，她问我，
我便尽可能地给出建议。
无意翻见她存留的一张黑白小照，年轻的脸庞，
还不曾历经沧桑。
我说妈，你那时候真好看。

难

我于熙攘中挤入室内，不大不小，正好容纳的。
周围喧嚣浓密，立体环绕在我耳膜之间。
不时也有小跑的男女在门口急刹，
歉意的表情掩饰不住，手也跟着甩动，
一缕缕水滴从花伞上下落。

我手托腮帮，注视前排女生
煎蛋图案印于蓝 T 之上，于是笔尖跟着思维转动。
薄烟味的纸上浮了一摊墨汁，那笔头似已腐朽多年。
或许左眼皮针刺般跳动，灵感却不曾闪现，
一团被搓得皱巴的文字，毫不留情地被丢弃，

此时不宜写诗。
我听之便记住：你所做过的，都会留下烙印。

情　诗

这是首情诗，你不要怀疑。
蜜蜂甩尾画出弧形轨迹，
所指的方向是甜蜜的所在。
天边火烧云，翻滚出各种动物的形状，
路边还淌着鼻涕的小孩，热爱那狗尾巴草，
折成手环、戒指，我也做过这样的梦——

记忆中的海藻般柔顺的头发，
还有那星星点点的眼睛。当看向我时，
它们在叫嚣着，暗示着，
诉说着一切天地间的情话。

降　雪

一年的期许，
雪要降落下来。
用手接住，
那是个六角形的孩子。

他让土地清甜。
树木苍老时，
盖上厚厚的白发。

屋檐边吊着往下坠的水滴。
奔跑过去的浑厚，

带回约定，
爬上奶奶的眉梢。

滚动的椭圆，
雪人要戴上粗线帽御寒。
多出的红萝卜，
是他的谎言。

杨钧涵

YANG JUNHAN

杨钧涵，2000 年生，四川达州人；安庆师范大学汉语言文学专业学生，白鲸文学社第二十五任社长。

未 尽 事

也有时，我愿意剥开
一颗橘子。顺从唇齿
吐出橘核并埋进土里
等它发芽

天渐晚，起身去看夕阳
对湖揽镜，飞鸟坠入树林
一片落叶覆盖上另一片
长久以来，草木凋零成秋

荒唐总是
年岁尚小
九折臂仍怕月亮割耳
藏起双手，不敢指认

也有时，我生吞一瓣
结骨的橘子，沉默如泥

但 为 君 故

小雪无声
落松枝已很久了
若不堪折，何须尽人意
停一只倦鸟，为它纷纷然
如睫毛轻颤

抖落的，絮状的边缘
揉进枯眼，有簌簌声

小时候，我曾在谁怀里
指着合抱之木
问长生

从别后，总有明月
不择地而出，要人低头
化作石，化作影子
静夜所思在千里之外
旧坟头，碑上的名字

应像飞雪茫茫
立风中，未得久淹留
只是多年来读书识字的
重量，已让我在这人间
深深来去

凡我凝视过的

凡我凝视过的，在
庭院中，在夜月下
蒲扇和远方的风
一起吹来

凭发呆静置出废余的
情绪，我悄悄生长苔藓
夜色半透明，不盈轻握
电线杆头落下一片羽毛

周期性幻想，尝试
做个知情识趣的人
天冷加衣，默认
压箱底的日子不能及

柴炊青山作一缕烟烬
须得假以时辰，所见处
旧花瓶里白玫瑰也空了
来年墓碑前又春草澎湃

自 然 生 长

水的干瘪由袋装饮料完成
在一天清晨，喉头滚动发出声响
我已解渴，但仍要挑剔它
不好喝

从前总设想一些情节练习长大
和衰老，踮脚走路、够高处的
开水瓶，佝着腰、捡拾树枝做拐杖
临来却麻痹知觉

日子过去，肢体未折损即是无缺
而情绪质地轻薄，不足为外人道
我必将习惯食用不喜爱的食物
注意到奶奶喝水比我慢很多

沈跃进

SHENYUEJIN

沈跃进，2000 年生，安徽合肥人；安庆师范大学汉语言文学专业学生，白鲸文学社第二十五任主编。

日　　常

百年后
你还将是我的现在、我的青春吗

数十年如一日的阳光，升腾
又消灭了
犬吠，蝉鸣，汇入涛声，彻夜不眠

来生愿作一只恶鸟，在微尘中长鸣
在冷冽的天空底下

想　　念

黑暗不过是一种不为人知的安静
静悄悄的垂髫时代，姐姐的头发一束一束漏出来

荷花一朵，两朵
墙里墙外的人走来又走去

有　　情

小雨后，山还是山
一床的空酒瓶
一下子过了十年
七月

一〇年代路灯的架子雪白，人和伞
都被大路匆匆折起来

惶 然 录

今年二十岁，我想春天和爱情只是迟到总不会缺席
在逾墙而走的时候
看见风慢动作吹起山楂花的眼睑
我感到
原来一个影子里也可以有月亮零落的香味
现在凌晨五点半，这意指不可言说的平静
还有即将被遗忘的又一个早晨

齐亚诗

QI YA SHI

齐亚诗，2001 年生，安徽安庆人；安庆师范大学秘书学专业学生，白鲸文学社第二十五任副社长。

夜晚的番薯洞

今夜
的星星
如瓶注水
与番薯共生

竹涛　这柔软
如壁的　映象者
拥向一盏月光
成为我
零碎　卷曲的影子
毛绒的叶管
盛开在脚下
宛如一阵窸窣

落　　褐

松散濡湿
失去色泽的桂花
安坐在泥地上层
在等一棵
吃掉他们的树
也许是孳乳
自身的桂花树
也许有时候一阵风
充当远处垂涎落花的树的嚆矢

那些花有泥土里深深的褐色
每瓣落褐　留存着除却冬季的光景
不是落红　也不曾怀柔
是一场旷日持久的
树的阴谋

坐在高速公路上看太阳

看太阳　他不动
不看　他往下掉
一眨眼
从树梢闪到树干
撑住眼皮
阻止下落

倒　　立

天空描摹着些许芦苇
幽鸟呜呜　荡不起水中波纹
落日塞入路灯　漫漫

栗子空壳内部
倒立　一排排
晃动生命的　绯色血管
少女站得笔直
只是眼珠子颠倒
或者

名为地球的这颗星星
自转到她的脚下

于是一只小猫
如同受惊的我　弹走

孙晓溪

SUNXIAOXI

孙晓溪，2001 年生，安徽合肥人；安庆师范大学广播电视学专业学生，白鲸文学社第二十五任副社长。

熟睡的列车

有时在夏天
也会梦见枣红色

许多处骨骼咯吱作响
沉重
使人思考边界
无性别的人，走入
人群，如同水溶于水
妙极了的
伪装

温和的骚动
形容一场公共睡眠
形容缓慢地展开
形容清晰又稀薄的地球

大众新闻

新恋情
新空气
空空脑袋
崆崆

手拉手，并不孤独
地
观看别人
你是一只符号

你是一堆乱码
你是一团灰

我也想
完美
街头和酒
人人都谈论
却从不读的一本书

画

蝴蝶枯在门框上
连同大头针一起
彩色就是武器
被击中就是被宽慰
被刺穿就是被信仰

总会梦到
生物和工具同时自由
盔甲下暗藏生机与骨
黄昏涂满锈红
事物漂浮且虚构
昨日之我
今日之我
明日之我
整齐
嘶吼着吟唱现实

被击中就是被宽慰
被刺穿就是被信仰

陶金平

TAOJINPING

陶金平，1999 年生，安徽当涂人，笔名温杰；安庆师范大学汉语言文学专业学生，白鲸文学社第二十五任副社长。

111

做一些愚蠢的事情，左右
交换地，用一只腿走路
蹦蹦跳跳，像个女孩
对着路灯唱歌，花花草草
都是听众
并为这些事情感到愉快
一个自信的主人，不参与
任何规则。就像怀里藏着两张王
随时可以打出

后现代死亡

我要大理石墓碑，墓志铭是
“恕我不起来了”
宋体，五号字，加粗
文本由海明威先生友情赞助
稿费从优，且烧且珍惜
你们不要张灯结彩，不要
闹得人尽皆知
就像再也见不到一样
埋个闹钟在地下
我会健康生活
按时起床

195

我在结霜，刚认识你的时候
我们毛茸茸的，爱谈天，谈星星

河流、挤来挤去的小动物
喜欢比赛谁更柔软

而现在，你让我的每一个毛孔都在结霜
它们从每一根寒毛的尖端凝结
向下刺入，扎进我血脉的暗流里
向底部、向深渊蔓延寒冷
雪堵住了肺部的管子，我的呼吸
出入寒气，剧烈抖动

你的话语如此抽象
像寒冷一样缺少形状
有时你不说话（我真害怕你沉默）
我却感到某种小巧玲珑的伤害

在我的身体里凝结，聚合成
一种声响，手术刀掉进
玻璃胃，冰凌凌的
那样咣当一响

203

洗浴过后，肌肤清爽
拉开窗帘，让阳光也洗一遍
以一株植物的方式
假寐并进行光合作用

附录

F U L U

“白鲸”成员诗歌简评

沙　马

沙马，本名刘伟，当代诗人；安徽省作家协会会员，安庆市作家协会副主席；诗歌及诗歌评论等作品发表于各类刊物，入选各类诗歌年本、年度选本并获奖；代表作：《理智之年》《一个文本·虚妄之年》；诗观：艺术，没有独创性，就意味着剽窃；诗集：《零界》《沙马诗歌集》《解读沙马》《泡沫时代》《一个词的到来》《回家的语言》等。

李潇是白鲸诗社的缔造者之一，白鲸诗社在他与几位诗歌爱好者一起策划组织下成立。当时的诗歌氛围很好，有激情，很热闹。在他的带领下，白鲸诗社的诗歌活动开展得热火朝天。相比现在而言，那也是一个诗歌时代。他在学生时代就表现出一副老大哥的风范，行为规范，举止稳重，颇受大家的拥戴，有一定的感召力，给人感觉是一个前途无量的人。

《一个人的六月》从题目看似乎带点独孤感。“我被密集的雨声围困于夜的深处/这急促的雨水让我警觉”，“我”成了一个被深夜雨水围困的人。“城市满了，乡村满了/大小植物饱了，所有动物/集体散发霉的味道”，“我”处在这样的境遇里，感受到集体散发出霉味。“我要焦虑到何种程度/你才能给人间露一个笑脸”？“我”的焦虑和人间的笑脸，从心理折射到微观，显示出“我”的善良和爱心。“我懂得了/在雨水这面镜子面前/植物比动物沉静/低级动物比高级动物隐忍”，道出了诗人对事物的深刻认识。

《你从海边来》：“我用诗人的身份迎接你/把诗写在重叠的影子上”。在一个不是诗歌的年代，“我”用诗人的身份迎接你，还要把诗写在重叠的影子上，可爱，纯真，美好，似乎有着一种对诗歌时代的怀念，并以诗性感受事物。

《我尝试省察这残缺的人生》：“躲在人群中/我尝试省察残缺的人生/我倾心于俗世的纷扰/我热衷于做一种/把自己从人群中丢失又找回的游戏”。每个人都在念着自己曾丢失的游戏，对人在现实中存在无常形感受深刻，并由形而下抵达形而上，提升了诗歌境界。

《午花》：“一个误入春天深处的人/找回了闲置多年的时光和一把把青丝/遗失在草丛里的一串串秘密/正在纷纷扬扬”。这样的句子有质感，对人世的宿命有着较深的体会，并准确地确立了诗性的意图，给予艺术的揭示。

黄沙漫步，我熟悉的黄挺松。他是白鲸诗社的缔造者与组织者之一。我最近才知道他一直在坚持诗歌写作，没有懈怠，可喜可贺。白鲸诗社成员一直在共同努力，薪火传承。

《西藏》：“当青稞在篝火上的酒壶里坐化，/我的头颅将被谁还原成高原石？”我想不去西藏的人难以写出这样的句子。青稞、篝火、酒壶、高原石叙说出一个地域的特征。“酥油的味道里生僻熟练的言语/和笑容止得住血汗吗？我看见/黑鹫为什么迟疑因而盘旋不落？”大气，开阔。“而我静躺仰望蔚然垂落的天际，/漫过须发的转经秘密萌生草群。”勾勒出一幅巨大的西藏画卷。

《漏》：“我们/是否忽略了岁月/明灭的漏洞/行止的光斑/和不停的闪念”。人在行进的路上漏掉很多东西，那么，是转瞬即逝的闪念，体现出人世的幻灭与无常。

《孤独是完整的》：“门卫呆板的闸口，整个是我的/整个暑假，它流光的七月和八月/是我的，你们带来带去的寒暄、喧闹/和车辆胡乱的鸣笛，是我的/它们抵消的烈日和残阳，是我的/墙角孤艳的紫薇，整个是我的/她追着根撑着花，/对于季候私自的/试探和冥思，是我的”。这一系列“是我的”，因为这些都是自身亲历的、感受的，构成生命中不可分割的一部分。

《茶中的马》：“在我举杯之前/谁能珍惜/我的不法之念”。穿透现实的疑问，是诗歌的一种力量。

邬云是一位写作多年的诗人了，并一直坚持着。从这几首诗看，她善于以客观物象的特征来影射现实，从而揭示内心的感受，细致、准确而生动。

《蜘蛛》：“蜘蛛/从来就在被人遗忘的/角落织网/在黑暗的最深处/缝补破碎的日子/兀自向每一寸光阴逼近”。将一个细小的动物无限地放大，放大到使读者情不自禁地联想到自身的现实。人是时间的人质，是岁月的囚徒，在自身的内心世界里，独自缝补着破碎的日子，并掂量着生命之轻，人在孤独中忙碌着并带有反省的性质。“蜘蛛/一直在等一个人/孤注一掷地扑来/撞破柔软的一生”。最后用坚硬的身躯撞破柔软的一生，这是灵魂对命运的碰撞。

《橘子》：“大拇指和中指/捏在一起/薄而透明的指甲/撕开青黄色的旗袍”。它“青涩年华”，“黄色的花瓣”，“娇嫩多汁”，将具体的物象化为形而上的呈现。“没有隐忍的幸福/晨光瞬间射透窗棂”，一种瞬间的存在过程，被包裹在甜蜜的内部，掰着云朵来品尝，不用数，一枚、两枚、三枚。一支外部的力量对内部的挖掘、渗透，扩大了诗歌的疆域。

《蓑衣》：“沉默了多少年/站成笔挺的姿势/是由于一枚竹钉的固执”，构成人在命运中的一种姿态，仿佛钉子一样的固执，“把现实和苦难联系在一起/把昨天和今天拴在/村口的小路”，借助蓑衣这个物象，将人的姿态与现实有机地融合在一起，且层层渗透，诗歌中的形象得到了深刻的揭示。

《灰灰菜》：“探出的绿色的臂膀/白细而滑腻的灰/是透明的语言/南山有蔓/北山有菜”。这是一个细微的存在，但闪烁透明的语言。在冷静的叙述、客观的呈现中，体现出诗的技艺。“尧之品洁不及生命里的/一朵浪花”，是对情感的解读、对生命的感知。邬云的诗歌外冷内热，对物象有了准确的感受与触动，在主客观中找到一条通向象征之路。

何冰凌是白鲸诗社的缔造与组织者之一。记得诗社成立的那个晚上，她还是一位腼腆的小姑娘，脸上带着几分羞涩的笑容，忙着为大家递茶倒水。她待人热情，姿态文静，大家都喜欢她。一晃二十多年过去，恍如隔世。那时她写过一首诗《来到房间里的猫》，有着极强的先锋意识。诗友老黑极为推崇，说她有着不可限量的诗歌写作潜质。这首诗至今还贴在我的诗歌剪贴本里。

《记住来来往往之花》：“梅花开到最后，连凋谢的气力也没有了/像结束一场疲沓的欢爱”。这样的句子具有很强的内蕴和影射力，撼动人心。仿佛一个人风风雨雨疲惫的一生，到最后连死亡的力气都没有了，世事沧桑连接着虚无。“现在回头看/那一树梅花也开得存疑/雾霾一天天深重/真相无可细究”。花朵的一生就是绽开的一瞬间，她却带着疑虑绽开了，其中的真相能纠缠吗？茫茫然中含着悲剧性的力量。“我的腹中，仿佛孕育了一个新的生命/一种全新的喜悦，令我鼓胀”。结尾让人眼睛一亮，突破虚无，合二为一，最终使文本成为文学。

《小西天》是一首非常出色的诗：“蔷薇就开到这里/你好吗？我轻微厌世/却没有一个湖/能够让我抱着去死”。写得好，形式简洁，文字干净，像小谣曲，在轻曼中揭示出死亡的重量。人人都会带着轻微厌世，向往一个死亡的好地方；这地方在哪儿呢？活着，没有一个好地方；死了，也没有一个好地方。它将读者带进一个新的感知之中，或者说在人性的旅行中体验着某种奥秘。这种诗歌的力量，把读者变成了自己的同谋。

《茗洲行》：“此时彼地。有人梦中出游/有人历经生死/而春风依旧浩荡/‘惊雷扑入怀中’”写出了茫茫的人世情怀，诗人的灵魂仿佛躲在语言的后面，操纵着事物，唤醒一种新的现实。

《致梨花》：“要经历多少疼，才娩出如此圣洁的颜色？梨花/——搅动春天全部伤感的蜜源”，写出了痛与甜蜜内在的关系。“是悲悯的梨花。我惊异和受制于/她的白”。“我”惊讶了，并受制于它的生命历程。一首诗的成就，是不断对自身经验的解脱。何冰凌的诗歌具有迷人的阅读效果，限于篇幅，只能寥寥几笔。

许洁为人温和，稳重有加，虽与他接触不多，但我知道他一直坚持写作，出版过诗集，还送给我一本，我为此也读了他的不少诗歌。感觉他的诗歌关注着人与现实的关系，情感丰沛，角度新颖。

《在哑巴店》："在哑巴店，百年老店不见了，可哑巴还在/一个喜欢看书的人，一个终日赖上酒影的人/大部分时刻在街头眺望，他似乎听不见/外面走路的风声"。第一段就打动了我。随着时间的流逝，百年老店不见了，可哑巴还在，大部分时刻在街头眺望，但听不见外面走路的风声。"在哑巴店，疾病、饥渴、爱和勤劳/是黄豆和芝麻说出来的"，呈现出哑巴店在时代的变迁中发生的一些变化，揭示出一种末日的悲凉。"重新爱上一些事物吧，把黑夜撕到日历之外"，带着个人的自觉意识，触动诗歌中的意象，作者的某种情怀获得准确的体现。

《暴雨》："撕破天空的除了闪电，谁的哭声如此之亮"。将"哭声"与"闪电之亮"并列在一起是奇特而新颖的，从而揭示出内心的闪电来自痛苦的力量。"痛在抢险之中……在混沌与灰蒙蒙的天空之下/认识血管和神经"，阐释出人在与大自然对抗中的残酷与悲凉。

《哑巴店的树》："我说树，你说森林。用一千亩去描述/谁会说孤独？树突突地来到异乡/看哑巴店的月亮/有些忧郁/有些水土不服"，也就是说将目光投向辽阔的大地，谁会独孤呢？既具有幻觉性又具有精确性，稳步向前，想象奇特，具有"隔"的艺术效果。

《小药丸》："药丸是它的孩子。在春天里害病的两个人/一定要等秋天才能拥抱彼此的欢愉吗"，药丸与孩子、春天与疾病、秋天与欢愉组合在一起具有奇妙的诗性。用自己的独到的感受，找到了独到的叙述语言，这是一次美好的相遇，体现出诗人诗歌写作的素养。

邵勇，写到他，我心里有一种说不出的疑虑与困惑。他大学时代也是我的单身时代，有过几次在独身房间里的聚会、喝酒、畅谈，充满自由和快乐的氛围。他偶尔也表现出几分犹豫，可能是对未来不确定命运的担忧吧。他的诗歌写作有着极强的天赋和现代意识，技艺也达到较高的水准。他在他的写作年代已经有了几分影响力了，一颗年轻的星星即将闪烁在诗歌的夜空。可是，后来他忽然沉寂了，很长时间我为此惋惜。

《诗歌日记：2000 年 6 月 13 日》："往上，再往上一些，慢慢的，/音乐现出的童年的雨，/漫无目的现出的空虚，神秘，/再往上，再高一些，是可耻的。"隐秘、晦暗、动机、内与外有机结合，咀嚼起来，余味无穷。

《诗歌日记：2001 年 4 月 2 日》：“晚间新闻插播‘世界各地’时，/他打了哈欠，多年无言的生活让人虚肿，/今天的信写这样的内容：/一、不要去散步；/二、为什么，那些值得怀念的死者还活着？”内心与物象、存在与荒谬、幻觉与现实等之间的分寸把握得很到位，在节制中扩展。“终于，她真的来了，瘦的、软的她/从望远镜里突然就到了你面前”。从望远镜里到了你面前，写得多妙，既现实又虚无，既临近又遥远，彰显与控制融合在一起，慢慢逼近事物的内核，凸显出诗歌的张力。

《襄河岸边》：“溺水的一群人中，/我最先露出胎儿的身体，/湿漉漉地，爬回生地。”以一直隐晦的方式叙述人生存的困境，消解时间留下的痕迹和经验的限制，凸显出诗歌张力。

《我是我的影子》：“两个孤单的成年男子，容易互相饶恕，/容易被风吹走，面对远方/他们都有犯罪的冲动。”人的某一段特殊时期的心理写得准确而富有新意。“有时，你小心翼翼，捅开清晨 5 点钟的窗户，/世界还是没亮，/信鸽还没放出去，你，还是看不见我。”存在需要形式来显现，诗歌是最好的艺术形式。邵勇的诗歌就是放到今天来看，依然有着很高的档次。写他的评论不是几句话就能了事的，限于篇幅，只能如此了。

张尔，一直是我极为欣赏的一个人，那时我们都喊他“大伟”，一个很亲切的名字。他举止温文尔雅，为人重情重义，胸怀开阔，不拘小节，是一个可以共患难的人。他大学毕业后到深圳，为深圳文化的发展做出了杰出的贡献。以前我就看过他很多诗歌，他很早的写作就有很强的先锋性和现代意识。从他以下几首诗歌来看这种意识还在，并得到了发展。

《半日谈》：“此刻，电动车窗徐徐摇落/升起探戈的羽毛两瓣/精致的玻璃裸露着你们/蹊跷但也完美地嬉笑”。与周斌相反，他的语速较快，一闪一闪，目不暇接，晕眩、浑然，在一个点上向四处投射，有冲击力，清晰的语言含着混杂的语意，梦游般地穿梭，内在却井然有序，显示出深圳这个地域的特色，在运动的加速中给人以晕眩感。

《梦中的中年派》：“乌云向他脱帽，致意，将雨点塞进/他风衣的领口，从那里，飞起一只/猫头鹰，旋转着羽毛与眼，在黑暗/中他们谈话如隔世的情人。”仿佛一个动漫画面，缓慢地膨胀，显现出一个令人不安的场景，并用自身的直觉穿透其中。

《野兽诗》使我想起英国桂冠诗人，擅长写动物的特德·休斯，这首诗的节奏、氛围、张力与之相比毫不逊色。

黑光，曾快递给我一本诗歌集，我读了不少，也很喜欢他的诗歌。对人生、对命运的体验很深刻，深刻中又蕴含积极的乐观主义精神，正因为如此他能够在幽暗的疾病里坚持写作诗歌。他的诗歌语言简洁、干净、空灵、丰富、安宁、流动，以一种禅意给人启迪。阅读这样的诗歌可以给人带来通透的愉悦。

《人生虽长》："铅笔虽长，有写短的时候/人生虽长，有只剩最后一天的时候/一切都是瞬时/清风啊，明月/城市啊，灯火/虽然有许多疾病，但我爱"，"多空啊，多亮啊/我要多一百只眼睛多好啊/多欢啊，多悦啊/我要多一千个手臂多好啊"，黑光因为身体的原因长期忍受着疾病的折磨，也只有处在这样境遇里的人才能写出这样的诗歌。每个人都有最后一天的时候，这是一种尽头，但依然对活着的时光充满眷念，"清风啊，明月/城市啊，灯火/虽然有许多疾病，但我爱"，语句简短，但意味深长。想象力穿透了遮蔽物，直达"多空啊，多亮啊"境界，从而构成诗歌对精神极端的认识。

《在深圳》："只有一种可能/可以坐下来好好休息/身体病了/带我走到草地上"，叙述从容，仿佛电影里的一个画面清晰地显现。病了的身体，带着"我"走到草地上，将主语留给了生了疾病的身体，将"我"放在宾语的位置上，可想而知，这个疾病已经控制了"我"。"什么时候我可以再次扛着背包/把深圳的大街小巷重走一遍"，这就是黑光的乐观人生。

《病居梧桐山有感》："流动与静默/不断锻造我"，有一种很深的人生体会，其精神定位、内心的指向，在一种"负面"与"静默"的距离中保持了生命的感觉，让人醒悟。

《自身》："愿活着，愿放松/遍地野草，无挂无牵"，这是一种高远、豁达的人生境界。当今中国诗坛上也有不少人写禅意诗歌，但高过黑光的寥寥无几。

潘漠子在我感觉里是典型的艺术家气质，长相清秀，留着长发，走在路上长发随风飘扬，有不低的回头率。大学时代的潘漠子是一个有情怀、有梦想、带点忧郁又豪爽大方的人。他在诗歌中写出了个人的幻觉与现实的关系。

《深夜抽烟的人》："深夜，屋外/一个抽烟的人/与夜色如此一致/被合上的书/因阅读而张开的/文字的阴影"，起句就给出了一个时间、地点、人物的场景，仿佛一个剧本的开头，直接、明了，吸引人。借鉴戏剧的写法是诗歌的一种形式，也是一种可利用的元素。接着"他从哪里来/是从过去中落下/还是从过去中升起/他留下了什么样的凹陷/被谁排挤到黑暗中/被加入了谁的黑名单/被谁的私人的黑暗所书写"，一连串的疑问给读者带来了好奇心，迫使我们继续读下去。因为由人构成的现实所产生的问题以戏剧的方式出现到了读者的面前，紧凑而集中，有一定的阅读冲击力。那就继续阅读："赤裸的他、抗拒的他/是断弦而不是唢呐的他/故乡身旁的远方的他"，这个悲剧性的人物，你"认识他吗/一个从房子里剔除出来的东西/一只被咬了一半的东西/是什么东西/是废纸的他吗/是烂苹果的他吗/……/一封被退回来的邮件/他被退回了吗/是一个停工的工程里/卡住的他吗/是一首失败的诗歌里/吐着泡沫的他吗"，一句接着一句问，最后达到了高潮。诗歌发挥到极致，直到让人浑身颤抖、不寒而栗，吸引着读者跟着他弯曲的问号一路行进。"在深夜，如果来到了屋外/就预示着走进了异域/所有的露宿者和游荡者/都将重叠和化解于他/而他，仅仅是夜晚的一个亮点/或一个否定"，叙述从容，缓冲有序，不紧不松，浑然一体，在词语的方阵中拉扯、平衡、扩展、游刃自如。

鲍栋的个头大约有一米九，精瘦，灵活。大学时代他常常拿着一个傻瓜照相机为我们拍摄先锋性照片，将某一个部位无限地放大、扭曲和变形，人在这样的照片里，几乎不是人了，体现出极强的先锋艺术精神。他有一个女友，娇小玲珑，可爱的程度同学，是一个才女，写诗，也翻译诗歌，而且翻译得很好。每次聚会时，他俩双双到达，成为诗歌活动中的一个亮点。鲍栋的诗歌和他的先锋绘画有着很深的联系。

《棉袄猫》："猫每天睡七次/每次醒来是一天/我的一天是它的七天/它的一生是我的十年"，"我"与"猫"既是时间关系，又是实现关系，或者还有时间差的关系，有着很强的隐喻。"两只脚/把我带往别处/猫抓住我的鞋子/为了把我留在身边"，"我"与猫之间的另一个关系出现了，并开始纠缠。"它毛茸茸地出现了/就在你湿漉漉地回来的时候"，彼此有了反差的动态。"每次见到我/都像是第一次看见我的样子/每次它叫我/都像是出生以来的第一次呼唤"，彼此出现了"熟悉的陌生化"，这种陌生化就藏在生活中的每一天。"睡着时/世界简单得只剩下两只耳朵/睡着后，它圆得像地球"。睡了，是一种活着的死亡，把"耳朵"和"地球"两级的事物放在一个小动物身上，是一种大胆的想象力。"当我孤单得像一只猫的时候/猫就会到来"，妙，啊，妙，看到这里我忍不住笑了。彼此有过陌生，也有过心领神会，因为异化却出现了默契。矛盾的事物在拉扯，拉扯中出现了张力，张力是需要弹性的，弹性就是诗歌存活必备的条件，因为弹性的反义词就是僵硬。“看见了大的东西/眼睛就变大了”，人亦如此，大的大学，撑大了眼睛，也撑大了心，最终是撑大了欲望。最后一句“猫把睡眠密密地埋在尾巴里”，人，有时候也是把睡眠藏在尾巴里，揭示出事物在隐秘中的状态，或者因对事物长久的凝视而变形，读来饶有兴味。诗歌在智慧与快乐之间，鲍栋选择了快乐。

牛慧祥相对接触得多一些。大学时代的他性格内向，有点腼腆，不善交际。每次聚会时他都是坐在一旁默默无言。那时他的诗歌写得就很不错了，得到老师们的赞扬。大学毕业后他离开了安庆，我们就几乎没什么接触，但我一直关注着他的诗歌写作。《即景》是他的系列诗歌，已经写了不少，有一定的规模。

《即景（一）》：“低头上山/有台阶若干/在山下/念及山之寂静/山不寂静/而名之为寂静/因为山上鸟鸣/没有鸟鸣/而名之为鸟鸣/你我初入山中/不必执着于此事”，空灵，有禅意，仿佛禅语，有开悟的味道。

《即景（二）》：“风，风刮着风，风制止风。/篱笆拉长了影子，对，继续/拉长，真有经验。这是/回忆吗？/看着，看着我，看着我们/互相看着，不想看。”将一个句子拆散，形成短语，一句一句像鼓点一样敲击着读者。句子与句子之间相互牵扯、相互抵消，最后留下的是虚无。比如“走，而不走到对面。窗子/多亏了窗子，极不情愿”，句式短，牵扯、迂回，肯定、否定、否定、肯定，结结巴巴、支支吾吾，艺术性地使用了语言，有阅读的快感。

《即景（三）》是我特别喜欢的一首诗：“我坚决反对一个多余的解释。影子的/狭隘，季节的更替，一生/两个想法，不适宜的天气，迟到的/问候，坐着，站着，坐着，不，/还是坐着。”这就好了。全诗弥漫着不确定的因素：内心的自我纠缠和对事物的质疑。

《即景（四）》：“雨下了那么久，人们都回到了城市/有谁会收留那么多西瓜和/它们甜蜜的汁液”，隐喻城市中忙碌的人们为了物质，却丢弃另外的一种“甜蜜”。牛慧祥作为一个诗人有着很好的写作潜质，他善于一边显像，一边暗示，用想象力重构现实，直到使自己目击过的事物变异，并获得另一种呈现。

夏午是白鲸诗社老成员，一位活跃的诗人，当年她和她的诗歌成为诗社里的一个亮点。她从大学开始写作诗歌，勤奋，善于思考，不断追求新的诗风并一直坚持到现在，且诗歌越写越好。她善于以女性敏锐的目光捕捉瞬间的事物，结合自身的感受给予深刻而恰到好处的呈现，用思维的闪电照亮幽暗中的事物。

《夏河是一条河》：“它因仅仅属于我，而成为/一条无限自由、秘密的河流。”无疑它是一条现实的河流，也是一条心理的河流；是一条记忆中的河流，也是一条私密的河流。“它反复流经我的身体，赐我/没完没了的涟漪、波纹、鱼虾鹬蚌/还有越流越遥远的河水与童年”，赋予了河流自由的灵魂和对现实的触摸。它存在着，与“我”发生了某种内在的联系，随着时间的流逝，你已经找不到了，从而成为“我”的私密河流，在遗忘与呈现中提升了诗性的状态。

《明月书》以轻松的笔调写出一种难以言说的“痛”。“一生太长，流满一碗泪/就可以去死了。”写得很决绝、很到位，具有极强的感染力。“记住这是我，先生——/我不是真的想死。/我还没有摸过你漂亮的大胡子。”最后一句画龙点睛，将全诗推向一个光的亮点。

《七月大》：“女性先于女人来到身体里”，“体液招来闪电、惊雷和暴雨，而不必担心风声”，以女性的躯体为隐喻，并将具象抽象化，其多变性与复杂性在一个精细的感觉上发射出了作用，影射出自身体内的残暴与命运的无常。诗歌的注意力向内积聚，具有爆发力。

《生日，或者疾病赋》：“我每天为自己掘墓很辛苦。”“我总是沉迷于自己身体里的香气”，流露出对时光流逝的恐惧，抑或对某种时光的眷念。总之夏午的诗歌干净、简洁、隐喻、四射、决绝，首尾兼顾，浑然天成，给人以阅读的快感、快感之后的沉思、沉思之后的静默……诗人从一个新的角度，由内向外折射，其中的自我克制加大了诗歌内部的张力。

李进毕业后工作生活在安庆，虽然生活、工作繁忙，但他一直没有放弃诗歌写作，并一直坚持到今天。

《深夜的骨头》：“时钟拖累着身影和窗台的吊兰/缓缓移动”，使时间与物象发生关系，使之形象化。“夜色是阴影的美称”这个句子很新颖、独特，阴影和夜色的美称合在一起就产生了张力。“点根烟，不同于呼吸的/——呼、吸，这是一种语言”。说得很别致，没有呼吸就没有语言，以此类推，没有呼吸就没有了一切。而抽烟中的呼吸化成了一团烟雾，瞬间随风消逝，从而没有形成语言。不是语言的行为会对人造成一种伤害。

《有时我在想……》："走一小步，丈量中年/仿佛从未长大，或已经老去/新年的钟声敲响，生肖更替/我把已知的希望，轻轻放进/这无法辨识的三百多天"，写出了时间与人的现实关系，从消失的时间里感受消失的轨迹。

《与自己对话》："时空不可逆，中间的两个点/都是自己，不同的自己/互相对话，互相搀扶/一起走过这疲倦的人世"，两个自己，一个外在的自己，一个内在的自己，一个隐藏的自己，一个显露的自己，两个自己不分离，互相对话，互相搀扶，一起走过这疲倦的人世，对沧桑的人世间感触颇深。

《雪地、黑鸟、豌豆》："气温降到波谷，滴水成冰/空气中有一层层无法触摸的膜/让血又冷又硬/动作迟滞，语言模糊"，因为又冷又硬，动作迟滞而模糊了语言，揭示出人在自然环境中的状态与感受。"晴天三日，冰雪融化/黑鸟不再出现，飞往何处/一颗遗忘的豌豆/在泥土的内部等待发芽"，道出了诗人某种隐忍精神和对未来乐观的期待。

大鹏的诗歌有一种家园感，既是人的住所，又是精神的住所。诗歌，不仅是精神家园，还是物质家园。反过来说，正因为家园的存在，留住了我们的诗歌。又因为诗歌的存在，保留了诗意家园。海德格尔的"诗意的居住地"就是精神与物质的融合。

《到崔岗去》："凌晨醒来/妻子和三个多月的女儿还在熟睡/我起身，要到崔岗去/这短暂的离开是因为/身体已有容身之所"。"妻子""女儿"都是具象，让她们"活在有芳草和蓝天的世界"是抽象。以具象抵达抽象，是诗歌的一次提升，使精神经历构成语言经历。为了某种物质生活，"我"可能会放弃些什么。"即使诗歌越写越少/孩子，此身/留住一颗诗心就够了"。诗人依然在紧张的物质状态里，为孩子留住一颗诗心，叙述平稳、冷静，没有多余的文字。

《我肩头的新世界——写在第一个父亲节》："我肩膀上一个新世界正在生长/她八点一公斤/皮肤微黑，喜欢彩色事物"。一个镜头、一个画面跃然而出，清晰、准确、生动，读来亲切感人。"她还不会翻身/却尝试站着认识身边的一切"，写出一个父亲对孩子细腻的观察，并预示了一种未来。这就是通过诗歌对事物的认知。

《给艺安——写在你的第一个儿童节》是一首很成功的诗，容量大，意蕴丰富，角度新颖。花朵“和丛生的杂草是一样的/嗡嗡的蜜蜂，花枝招展的蝴蝶/和沉默的蚂蚁群是一样的”，“向日葵、雏菊和鸢尾/那是爸爸努力要长成的样子”这一句很妙，不仅贴切，更是符合孩子心理世界的语言。“真的谢谢，孩子/让一个早已与我们无关的节日/像一个隆重的仪式”，提升了诗的境界，结尾一句收合得恰到好处。

《在鲁王山》：“三十年来我只往右走/直奔日渐衰老的村庄”，这既是一个心理路程，又是现实中的路程，从而完成了个人存在与故乡之间的循环，达到了某种暗示。

蒋旅佳高高的个子，喜欢笑，异常活跃，青春十足。那时他一边写诗歌，一边想“写诗，能给外面带来什么”这样的问题。我也曾告诉他，诗歌是我们认识世界和快乐的一种方式。这一次认真地读了他的几首诗，感觉他的诗写好了，且进步不小。

《河水》：“看到这条河/就一阵清凉”，为什么？“许多年后/外祖父被一条/遗失在河滩的鱼/无心绊倒/之后就再也爬不起来/外祖父一生就出过/这一趟远门”，第一次出了趟远门就到了另一个世界回不来了，这是一件很悲凉的事，但他的叙述冷静、从容，剔除了感情色彩，更加重了这个事件的悲剧性，增强了阅读的感受力。

《风吹过芦苇》：“周围是安静的，脸是热的/如果走着一个人/芦花也会帮着想心事的”，因为人自身是不安静的，产生了反差，强化了诗歌的冲击力。“如果走着一个人/芦花也会帮着想心事的”。在这里人与自然的关系是和谐的、内在的、诗性的。问题是“风时不时地吹过芦苇/故事咿咿呀呀　没有结局”，短暂的幻觉被最终的现实带走，故事里出现“咿咿呀呀”声，又一次的反差增强了诗歌的张力。

《你我之间（组诗）》引起了我的震撼，是相当出色的诗歌。“你”（女性）、“我”（男性）之间出现了一种似是而非的关系，打着“爱情”的擦边球，东扯西拉起来，自然的荒谬显露其中。“我”写着诗歌，“你”谈着爱情，都是独孤的。“她对着镜子说：爱/是孤独的”。“我渐渐喜欢上这种/疼痛、毒和拥有的窃喜/我说：爱，孤独/写诗是轻浮的/今夜我多想以一首诗的形式/返回那个有雨的夜晚”。整首诗虽有分叉，但意蕴完整，浑然一体。

《立水桥北》是某种内心活动对客观事物一次主观上的投射，“我最终失去了北方/并坚决抵制不切实际的/幻想”，从而完成了一份激励和一次敬意。

章朋的诗歌干净、简洁、语句奇崛，很好地为读者提供了自己的感受。

《夏夜奇谈》："在古树下乘凉/一条蛇挂在树枝上/他们谈到月亮的女儿/和风信子"。在一条蛇挂在树上的情境下他们居然谈到月亮的女儿和风信子，恐惧感消失了，人和人亲近了，是通过这种极限的对比呈现出来的。接着转换场景："祝贺蜥蜴爬上花朵/亲吻戴着大耳环的女人"，这样的句子含着奇特的想象力，能给人留下很深的印象，可以理解为"冲突后的缓解"，体现出了内在的含义。

《手》："我在迷糊中捕捉一种闪闪发光的东西"，手成为捕捉的工具。当手成为工具时，就有可能脱离了人的思想。"我的手，作为一种假设/绕开了它们内心的慌乱"，"像一群没有面目的蝙蝠/飞行在黑暗里"。手，只有绕开内心的慌乱，才能捕捉到它想捕捉的东西，这就出现了"诗歌中的悖论"。手，是人身上一个不可分割的部分，而诗人却将自己的手作为一个假设，也只有假设才能绕开自己的慌乱。手与心的分离，也许是这个时代人们现实生活的一个特征。诗写得别出心裁、富有创意。

《昙花》："这么多树开着同样的花/我无法分辨/风吹着她们的/每一个方向"。面对一个极为短暂的事物，人也感到迷惑，一种很快就要消失的感觉，往往控制着人们的视觉，并试图将此保留在自己的时间里。但/我无法分辨/风吹着她们的/每一个方向"。最后诗人也迷惑在一个短暂的时间里，以自我探测的方式，赋予物象内涵。

《信仰》是一首很成熟的诗，几乎挑不出什么毛病。"夕阳在你唇边"，一个无限大的太阳和一个微小的嘴唇发生了关系。最后两句也很妙："让我住进水中/手持镰刀"，戛然而止，简洁明快，意蕴丰沛，回味无穷。

憩园是一个很勤奋的诗人，他善于思考，在诗歌语言及角度上肯下功夫。他的诗更多的是在呈现人与这个世界的关系、人在具体世界里的处境以及人在荒谬和无意识活动中体现的本真存在。他写普通人的生活，他敏感，他跳宕，他窥视现实隐私，在曲折中抗拒着以往抒情的经验，在一个又一个的瞬间里捕捉诗歌资源。

《在我身上留下了什么》："我所有的日子都不在你们的视野/我西装革履，我递名片，我轻吐烟圈/我侃侃而谈，我被我所分割/……/在路上，在办公室里，在地铁、飞机中/与我擦肩而过的人们，给我激情后的安逸"。诗中的"我"西装革履，游动于不同的场合传递名片，侃侃而谈，而内在却有着一种独孤感，只是分裂出的一个假象，道出了物化社会里人内在的真实与表面状态的分离，具有戏剧性的画面，构成了叙述性的张力。

《昨晚发生了一件大事》：“五六点的深圳和八九点的深圳/是一天之中我们的两个极端”，时间的节奏和内心生活的节奏合二为一，体现出一线城市的生存紧张状态。人要学会在两个极端中平衡自己，用自我知觉支撑晃动的现实，直到不安的事物在自我身上得到了安息，直到“那些爱过的和被爱的人/贝壳、小乌龟似的/被海浪送到你面前”。整首诗没有破绽，一气呵成。

《梦游，或受惊美学》：“我走在大街上，这街道早晨开阔/一到晚上就变窄/窄得只能容得下一天里的一个人”，这种心理感受写得很妙，也很新颖。

《立体主义的年轻人》可视为憩园的代表作，产生了一定的影响：“二十年前可不是这样/那时我是小学生，上课听命于老师/回家听命于父母。如今，他们都老了/我听命于谁？深夜我有些绝望”。这种感受很独特，也很到位，叙述中带着幽默调侃的笔调，在拉扯与抗衡中获得了艺术效果。

刘安然在我的印象里温和、腼腆、微笑、勤于思考，努力用不同的表现手法进行诗歌写作。从这几首诗来看，她的诗歌越写越好，安静的诗意，从容的叙述，自然的控制。

《难以消除的》：“人都是孤独的/我们交谈陪伴、一起玩/在忙碌中忘掉这种感觉”，起句直接，说出了孤独是一种感觉，一起玩就可以玩掉吗？“赶不走的/孤独难以消除就像我们难以/穿过彼此”。人与人之间隔着一层孤独，孤独成为一个遮蔽，遮蔽难以穿透。诗用轻松的语言揭示出一个关于“存在”的困境。

《催眠曲》：“我渴望飞翔，像莱特兄弟一样/他们发明了飞机，我/写诗/失重时，我需要引导”，仿佛进入诗歌的高空，有一种迷失的晕眩，在词语与诗歌之间失重时需要引导。莱特兄弟发明飞机与“我”写诗构成一种不明确的关系，出现了差异，从而增强了诗歌的耐读性。

《从早安到晚安》是一首出色的诗，写得很好。“倦于任何隐喻和象征/我只想写一首简单的诗”，抛开诗歌技艺中复杂的修辞关系，写一首简单的诗，诗歌，或许也是这样想的。“日子总是平淡的，从早安/到晚安，多简单/多美好”，将诗歌放进平淡的日子里加以考量，多简单，多美好。仿佛诗歌写作中的遮蔽，一下子被敞开了，一束光瞬间渗透进来，照亮简单的事物。语句平淡，但有张力、有寓意。“所以从某个夏天开始，一个渴望简单的人/开始学习如何经历24小时，从早安到晚安”。结尾两句写得很独特，也很新颖，开始学习如何经历24小时，去繁杂，存简单，以自身的秩序抵抗混乱，通过语言理顺思维，达到一种“澄明”境界，这是一个很好的“诗观”。

《焦虑》：在某种特定的情况下，“拉起手边的桌布/巴不得马上罩住如此不完美的自己”。一个女性的心理与现实的关系写得很传神。通过方向感来阐明某种动机，也很有新意。

李光耀的诗歌，在自身的现实中寻求不和谐的因素，并在一次次跳宕中显现出来。

《想象》：“一整个下午你坐在那里。……/现在正是阳光透明的时候。你剪着短发，寻求刺激”，人外在的静和内在的动融合到了一起。“五次三番。语言的爬虫让你又开始痒痒。陌生感/你情绪晃动开始借助一只鸟”，“语言的爬虫让你又开始痒痒”，细致入微的感觉，说得有新意。“你摸着短须留着长发一路向前，看到满世界的水。/四下里雷声渐起，皮肤迅速皱褶。你的不安/瞬间趋向深度困扰，看看手表还是下午三点/你开始担心，终于害怕不知道究竟哪个才是你”，写出人在世界里的困惑与恐惧，诗感在其中穿行。

《因为》：“四平八稳的生活有时平静得/让人感到后怕。就像现在/两手摊趴在这灰扑扑的阳台上/不管第多少次往外看，不变的/车棚、卷闸门、顺时针转动的身体”，写出了某种对现代城市文明的茫然感。

李瑞在诗歌写作上很有才华，不可限量，未来的诗歌事业是属于他的。他给人的感觉是一个快乐活跃又真诚敦实的人。他起步时的诗歌写得就有一定的质量。他对语言具有敏锐的感受力，并善于在不同的角度呈现事物。他的诗歌有点儿少年老成的味道，这或多或少地在他的诗歌中得到反映。

《往山上去》：“往山上去”就理解了植物与路灯之间的关系，就知道了巫师的咒语与符号之间的关系，也追到了植物带来整个世间所有的安全感。其是一个隐喻和象征。

《衰老之年》：“衰老就是这样/用一种声音激怒自己/再用另外一种安慰”。由内而外飞过的风声，也写出了“衰老”的灵魂与肉体。

《独身笔记》说出了“自我消失”的快感，说出了曾经的生活就像一部老电影，也说出了一个中年人面对生死，“灵魂的问题没法装在试管里”。这些揭示出了人在存在中的某种宿命和困顿。

《我想和你说一些事情》似乎说了什么，又似乎什么也没说。作者将相去甚远的词放在一起，强化诗歌的张力。如牵牛花、蛋糕、空调等放在一起，再如“保持炮弹刚刚出膛/而悬空时的孤独感”，这样的句子新颖，有较强的冲击力。

魏成银有着很好的写诗才华和潜质，只要努力不放弃，稍加时日就会成为一个优秀诗人。

《老魏的十四种青春幻想》：“我试图模仿曹操。有时/会爱上一个已有归属的女子。这感觉情不自禁/像倾听一只在屋脊喵喵乱叫的猫”。老魏的青春幻想都是“胡扯八道”，好就好在这里，消解了真正的青春幻想，而这就是一种现代意识。“这些都会醉成一句话/生活，你得原谅我”。棒，真的棒。这样的句子撼动人心。没人这么写过，他写了，这就厉害。他把诗的语言变成了可怕的非人性的言语，并充满间隙和光亮。

《抒情性》：“最近，老有人想告诉我一个道理/飞机倒着飞会怎么样？上厕所可以少拿手纸吗/刚刷好的一堵墙可以被艺术家破拆吗/我只想告诉他们一句话：道理是一堆玻璃碴容易扎破脑膜”。同样这些道理也是胡扯八道。绕开正面从反面进入，这是诗歌写作的一个重要元素。道理是什么呢？道理是一堆玻璃碴容易扎破脑膜，破坏了人的脑袋。

《雨夜我们也喝酒》写得很好，“泡沫又翻了一圈/我们继续夹花生/……/我们舔着酒杯在谈与整个世界发生摩擦的女人/不可避免/有人还是对我们哈哈大笑/……/我们继续夹着花生米，好让一切恢复/他们依然笑着/就这样/雨也没停/还丢失了/一个/哈欠”。这种荒谬的场景被他写得妙趣、幽默、嘲讽，具有诗歌艺术的感染力。

《照常闷热》：“是的。就这样，你看见了，在/一个有风吹过的夜晚/我朝你大吼，没有在意你对天气的反感/……/我们或他们/都想绕着对方走上一圈/挑衅一下双方”。诗歌中出现了非连续性、中断、跳跃、延异，语言中心意义的消隐，使世界的图景变得晦暗不明，事物自身的客体就占据了主要位置，从而使写作获得对世界展现的意义。

汤文，记得在安庆师范大学白鲸文学社举办“诗歌礼拜五”活动时，总是静静地听着，不怎么说话，一副若有所思的表情。她看上去性格有点内向，但在诗歌中敢于表露自己的思想情感或者对事物的认知。

《柔度（一）》："我尝试三天不说话/打手势，歪脖子，舔红唇"。一个人三天不说话会是什么状态？是打手势、歪脖子、舔红唇。当语言化成了动作，这个动作一定是滑稽的。"我在镜子前一丝不挂/加强对比色后，摄影姑娘饱满的颗粒/蒸腾的雾气和羞愧的爱情/同样不需要滤镜"。一种一丝不挂的自我审视，却发现蒸腾的雾气和羞愧的爱情也不需要滤镜，那就原汁原味地活着吧。"柔弱反射在隔天的傍晚/我在路上，遇到一个打耳洞诗人/汗如雨下"，对自我感受进行了一番消解。当自我心理从现实中擦身而过，事物就出现了变形，而变形的事物需要变形的语言揭示，最后兑现了虚幻的诺言。

《柔度（二）》："夏天到了/我有三种活着的方式：喝水、淋雨和写诗/……/夸大了一个女人前后一样的事实"，将生活化为荒谬的现实性。

《小记》里有烟头，有薄荷球，有故事，也有有姨妈色的口红等，有着丰富的容量，并与现实发生了密切的关系，甚至关注到镜子里的人，喝水、睡了。而"我瞪着她的梦/一遍一遍踩空"。结尾含蓄而有力，给人带来了想象的空间。

《生日》："呼吸着同一个人两年多，厌倦，兴奋/所有能想到的事情，我们——/没做"。人的历史就是呼吸的历史，不管多少人在呼吸，都被视为同一个人呼吸，想法独特。在呼吸中想到的事都没做。"我笑，你也笑/三十八个月前，我只会假装睡觉"。对此，人只能表现出这样的状态。而假装睡觉，是以死亡的形式避开了这些，人在现实中的脆弱或者无奈都呈现了出来。词与意象，在阅读中被扩展，填充了诗的容量。

任伟诗歌写得有点早熟，不缺乏自我意识。

《九月二十这天》：这一天，"我"在转圈中遇到几个人，还有奇怪的细胞，"我"在练习和它对话。"九月二十日这天遇上一个/阴晴不定的老师"，在动态中展现诗歌的叙述效果。

《关于写诗》："比爱情短比昙花长"，你们聊天，"我"沉默。写作中，"我擅长欺骗/可不会表演"，请不要在你们的梦中，喊出"我"的名字。从这里可以看出作者的某种写作观念。

《这是一个燥热的下午》："站得高一点会凉快一点"，"睡觉做梦也是一种表达"，"睁眼看见来来往往的人/开始走偏"。诗写出对这个燥热下午的某种准确而特殊的感受。

《欲望说》里的浮躁时代，让昏睡变成了日常习惯，也能听到骨头膨胀的声音。欲望，对事物有一个厌倦期。这些都是作者对某种欲望的深切感受，提升了诗歌的表达效果。

邱志君是同一届白鲸文学社成员诗歌写作的佼佼者，性格活泼、热情、开朗。我记得她还爱好摄影，具有捕捉瞬间事物的能力，这对她的诗歌写作有很大的帮助。她的诗不仅具有现代性思维，其语言也与之同步发展，达到了一定的诗歌写作水准。她作为95后诗人，在中国诗坛上也称得上佼佼者。我曾在2017年第4期《诗潮》上推荐过她的诗歌《大师》。

《第七个纪念日》：“我用两瓣唇了解他们/男人爱吮吸，细细的烟条/他们擅长交换语言，以及柔软物”，两性间隐秘的关系被消解了。“听见床底下/蛇发出嘶嘶的声响/深处，藏着两只发光的眼睛/她曾吮吸过它的血液，灼热/点燃铁灰色的空气和夜晚”，对两性的隐喻富有形象感。“然后翻转身子，和摊开的乳房一样的姿势/平整地进入睡眠”，一种幻觉抵达虚无，一边书写，一边超越，通过诗歌获得了呈现，其中的碎片在闪烁。

《灾难篇》：“雨水不断”，“地基严重受损，人民必须/丢弃房屋”。面对这些，我们要学习那女孩，“来谈谈新的生活/滚滚大河里移动的清代花瓶”，同时也要“感受一只野鸟的恐惧”。如果换个方向，“皮影戏结束，当我们安全抵达平地”。这首诗意象纷繁，意蕴丰富，作者的想象在曲折中穿行，试图抵达自己内心里一个理想的彼岸，并且通过画面的呈现，揭示出处在灾难中的人们内心对美好的向往。

《乱线岗》：“半个月了/日瓦戈医生就在我枕边/这期间，我们没有/发生任何接触/我感到羞耻”，与一本死者的书没有发生接触，却感到了羞耻，无厘头，但有意味。“这时，朋友/我不愿谈话/我需要进入一个小笼子里”，语意不详，但内蕴准确，气息流通。“还需要分析声音的形状然后判断/自己是在直线里/还是在潮湿的曲线里”，这样句式几乎逃离的经验的限制，就是一种创造力。“尽管搬来一桩笔直的木头作桥/也没能走过去”，心理与现实的反差，动摇了固定的语意，有着某种“完美的果敢”，强化了诗歌的张力。

苏童的诗歌有跳跃性，但语义是完整的，因为其中贯穿着“感受”这条线。

《乌云最好在我头上》：“放下头发，在没有甲壳虫的马路上飙车”，因为出现了甲壳虫而使这个句子有意义。“浑身下了场咸雨/斑马线上的等于号/可证明/行人的存在”。诗歌中的视角放在城市、飙车、路灯、斑马线，是现代诗歌的元素。

《我试图走进一间琴房》是一首出色的诗，完整而迷炫。“我试图走进一间琴房/幻想即兴曲——/维也纳森林没有故事/卡门与 G 弦/海顿和莫扎特/比利时的尚・马龙弹不会我/喜欢的班德瑞”。诗歌提供了一种慢动作的回溯过程，仿佛一种回忆在现实里时隐时现。“琴房里没有钢琴，只剩——/落地镜和无数个我”。琴房里没有钢琴，而是一个虚幻的境地，被分裂成无数个“我”，在这个艺术境地，完整的人被分割了、消解了，但依然在缅怀。“就像二胡/诗人认为比不上 C 大调”以否定的方式保留住幻觉的隐秘。最后这个微小的心理旅程为“沉默”提供了一个借口，有一种“神秘的晕眩感”，并带来阅读的快乐。

《数数说》：“出门左转直走二百零四步右手边有我想吃的冰棍/超过三十八度的天气和体温/达三十九度时，我眯着眼躺了两个半小时/电风扇转，书页翻，楼下的狗叫了十五声/扫地的女人又是一阵啰唆——/我落的第一百一十三根头发”，人处在某种环境中或者气温下出现的状态，“我眯着眼躺了两个半小时”，却遭到了别人的干扰，动物或自我干扰。人的环境对人的侵扰，是这个时代的特征之一，揭示出人的主观意识对现实环境的抵抗。

《置三十四层》：“长椅上坐满了人，我坐在/自己的膝盖上/听不成人的孩子拿/石头敲铁路灯/叮咚的金属治愈不了/间歇性的耳鸣，还有蚊子声”。这是一幅城市素描，现代城市人与金属的噪音造成了间歇性耳鸣，什么地方安宁呢？“还是三十四层最好/看不见人，迎面吹风生”，这种回避不过是自我安慰而已，是主观心理对客观事物的某种空洞的反射。

倪大玉的诗写得不错，有潜质，有发展空间。

《我想通过一首诗》：“这感觉来得很慢，又捉摸不定。我在这里，/捕捉不到。它们各自藏于幻象。早上八点，/需要一次确认。”当人的感觉藏在幻象里就难以捕捉到，不管怎样，早上八点需要一次确认。这是一次自我捕捉。但“这一天不同，/你要反反复复确认：常规的日子得到翻新。/无外乎把一部分裸露，给你抚摸。”这却是个“伪结论”。因为“这种感觉依赖经验”，还是回到经验里去了。“一层层敏感解剖到这里，我忘了”，接近遗忘和虚无。只能“我想通过一首诗”“一行行句子的尖锐”抵达另一种感觉。

《阴天里》：“阴天里我早起去教室，我以为不会下雨，直到/教室门口我仍以为不会有雨。选择靠窗的位置/坐下，拿出一本安部公房的《砂女》。你一定无法想象我/看书的模样（试想我黑着眼睛四处乱摸）。现在，雨开始下了”。“我”以为不会下雨，走到教室门口仍以为不会有雨，这与“我”阅读《砂女》有什么关系呢？写出人的荒谬心理，仿佛是语言的嬉戏。“遥远的样子”与“递给你香烟”放在一起出现了张力。“不过分地交谈”，“不过分地凝视”，写出了人与人之间某种难以言说的关系或者人与人物之间似是而非的关系。

《某状态》是一首相当好的诗，在同一个语义里制造混乱和障碍，丰富了内涵。“一天里的一段时间，我必须/承受眩晕。风吹水木杉/转圈。吹玻璃/转两圈”。承受眩晕来自于自我旋转，这是人在这个时代的状态。“前一秒，可以看见/卷毛狗，交叉双腿跳跃/我说得越快，它跳得越快/它的灵活性”，写得传神到位，节奏感中显示出荒谬。“保持兴奋不容易。转圈时/我也不能感受运动（想到这便开始忏悔）/身体之于我，是特例/一整天里摇摇晃晃”，达到戏剧性的叙述，将空虚与暗示混合在一起，进入诗歌的想象中。

《生活里有鱼》：“我把情绪拆解成/一条条鱼。”保留一份自由的感受，是对经验的纠正。

张萍诗歌中很好的质地就在于不确定性，在歧义中开始了语言的旅游。

《腐烂说》：“有一段时间了　我看不见鱼”，起句就有点意味。鱼是一个滑溜的东西，无非是“和我玩起捉迷藏这种十几年不碰的游戏”。鱼会滑出人的游戏，难以触碰。“电影里熨报纸的画面让我想到鱼/——捉住尾巴熨干这样的镜头/无非是从湿滑转变到干燥”。将一条滑溜的鱼转变成一条干燥的鱼，这是人的游戏的需要，也是人的一个动机，为的是延长保质期。内在的荒谬和外在的行动吻合了起来。“今年夏天我有爱好/例如/对着啤酒瓶小声说脏话/为一些新闻偷偷发脾气/约上好友唱歌　打闹　消食　晒月光/借以证明心情愉悦”。诗歌到这里拐弯了，并内外纠缠、相互差异，对女性的心理拿捏得准。“有时候要强迫自己/一遍遍整理　早午晚安之间的关系/这样很好　保留了鱼的很多滋味”。这种事一旦说出来就显得荒诞，在不同的关系里为鱼保留住不同的味道。结尾很好，达到起承转合的效果。

《常态》：“这一天结束　说服自己窝在沙发凹陷处/束起乱发和猫咪对峙”，是一种内在的隐喻，或者说将日常生活私密化。“它变得嚣张　用全身的慵懒扭动身体和毛发/索取安慰并且沿原路返回”。对峙中猫紧张了，扭动身体和毛发想索取安慰，对峙中的“我”什么也给不了，它沿原路返回。这是一种似是而非的关系，其中的不确定性给诗歌带来了丰富性。

《一种叙述》：“我对陌生人讲故事——《当我还在婴儿时》/寄给任何人都可以”，某种冷漠的世态炎凉写得很到位。“除了必要的沟通　我学会了一直保持沉默/吃饭　唱K　压马路”。人，在人群里也往往独孤，写出了人世间的隔膜。

《来自未知》是一首很好的诗。“‘一年365天’有时会多一天/多一天你要重复　多一个……/……/很多没道理的东西和脂肪挤在一起/地铁站里的人和早班的情绪在一起/你用胡椒撮合两块煎蛋/唤醒第216天的孩子　父亲和咪咪”。语言明确，想象丰富，新颖别致。

杨雯汀有着很好的诗歌语言感觉，也有一定的在诗歌内部组织语言的能力。

《开始》：“作为开头，深夜十二点/拧不动的瓶盖/开始妥协，和一支笔，握得紧”。我想说的是断句，“和”是一个连词，杨雯汀在这里取消了连词的作用，她用一个逗号分开了“和”，有创意，也大胆，诗人要有这样的勇气。“舌头撬动一颗牙齿，动作重复/让我想到医生的工具比如/麻醉剂和钳子/导致了一场流血”。人在无聊的时候，容易导致一场流血事件，或者说“自我流血事件”。这是人的一种现实状态。

《拿玻璃的人》：“拿玻璃的人拿的是透明/就像你喝的水没有沉淀/眼睛里没蒙上一层雾/一张口他就接着叙述”。一个拿着透明的人是很危险的，也很尴尬。透明的事物是易碎的事物，如同喝着透明的水是不能露出破绽的，只能用自我叙述来掩盖。“拿玻璃的人什么也不想做”，因为他手里拿着的是一个“易碎”。他警惕着周围，没发现什么，也许可以松一口气了。

《春天的两三事》：春天里，“我们谈论紫云英”，“连线八九十年代的童年”；春天里，桃花见于“茅草屋和高河的每一户人家”；春天里，小狗在放纵，“大片的黄色有一种契约意义”，油菜花成为一种纪念。诗歌里散发出春天的气息，抑或对勃发生命中事物的热爱、对内心，有一种诗性的表达。

《替代诗歌的部分》：什么东西能够替代诗歌的部分，这个想法别具一格。是眉毛的抖动，是一个圆圈吐出来了，还是干涸的嘴唇躲过牙齿的锋利？这些存在处在沉浮之间，有悲有喜，但真的能够替代诗歌的部分吗？作者是在指东说西，从而构成诗歌内在的弹性。

李荣驰的发型好看，是一个帅气的小伙子，给人感觉活泼、阳光。他说他想写一些一般读者就能明白的诗。

《蹈天》有一种对夸父逐日的向往，但美好的现实依然是明月朗照、天涯共此时。在理想与现实的矛盾中，作者表达出了内心的想法：身体若能化作桃林，“我”即刻躺下不起。

《姑苏城外》中，宋代至今的渔火点点、笑咧咧的青年男女和挺不错的秋风，构成一幅姑苏城外的诗意画面。

《鹿野小村》表达出了作者一人看山一人纵，或是沉默相对等内心的活动。

《奄忽》写出彼此命运的相连、彼此爱情的相连、彼此悲欢的相连，从而构成人与人之间生活的桥梁，牵动着彼此的心。

李荣驰的诗歌对事物有着较为独特的感受和体会。

隆世滢的性格较为内向，不太喜欢说话，有点少年老成的味道。在白鲸文学社的活动上，他总是坐在一角默默地倾听，有时候也会发表自己对诗歌写作的见解。

《美丽消亡》以小女孩、爸爸、宝贝等意象开始，到后来现实中发生一些不和谐的事，使“我”原谅了苍蝇吸血、硕鼠食粮等，美就这样消亡了。

《秦皇岛》虽然以地名为诗歌的题目，但整首诗都是一种隐喻和象征，旨在揭示自身的意识，或对某种现实的讽喻。

《幼鼠》以幼小时童年的时光，稀释了先辈的仇恨，而“我们都要革命”。“有机会，可以在安全的旷野谈谈。”全诗表达出作者某种向往的生活。

《积善之家》呈现出了“何故落簪，何故落簪？镜中的你/不断追问。终于我放弃遁世法门”的内心景象。

隆世滢的诗含蓄，内在的意蕴丰富，有张力，有回味的余地。

程明月清秀、单纯，她写得不多，多写想写之事。她说：“纵有疾风起，人生不言弃。”

《灰色诗人》：“跌落绽放的少女色彩/新式酒馆　男男女女俏丽的嘴唇碰撞”，用鲜艳意象撞晕灰色世界，立意不错，有着较为鲜明的对比度。

《第十一号》：这一天“如果不是碑上的方寸黑白照/你不会知晓最后一面她多狼狈/四月末的城市开始狂躁”，表达出了内心对事物的认知。

《老房子》：“小时随手的贴纸、第一次画的大象……/裸露浅灰色的墙体/

楼梯鲜红一个大大的‘拆’”，契合了时代特征，含蓄而得体。

《生理疾病与自我安慰》：“医生诊断病情/简短的话语里戳着点怜悯/……/‘您也不懂哇！/有只啄木鸟找我的小脑袋借宿呢”。

程明月的诗想象力丰富，立意新颖，有层次感。

冯佳利生得小巧，性格活泼，喜欢笑，喜欢看书。她说她平时写写诗，有时也会陷入苦恼之中，不懂得诗如何去写，又不知该写些什么。

《与母亲》：“没有想象中的笑谈，我们之间常寡言，/我尽量找话题，她沉默，我也低头思考。”写出了两代人之间某种真实的境地。

《难》：难在那笔头似已腐朽多年，难在灵感却不曾闪现，难在所做过的都会留下烙印，写出了内心真切的感受。

《情诗》：“蜜蜂甩尾画出弧形轨迹，/所指的方向是甜蜜的所在。”“我也做过这样的梦——”用曲折的笔调来表达，给人以想象的空间。

《降雪》：“他让土地清甜。/树木苍老时，/盖上厚厚的白发。”这样的叙述角度，别致而富有新意。

冯佳利的诗较为含蓄，有着内在的韧性。

杨钧涵既是一位热情开朗、乐于奉献的女性，又是一位在诗歌写作上富有情感和灵气的诗人。她起步较早，起点较高。

《未尽事》：“吐出橘核并埋进土里/等它发芽/天渐晚，起身去看夕阳/对湖揽镜，飞鸟坠入树林”，写出了“我”在这些未尽事物里的被动性，同时也在沉默中等待新的发现。

《但为君故》无论“小雪无声/落松枝已很久了”，还是“旧坟头，碑上的名字”，都“已让我在这人间/深深来去”。这首诗在表达上，情绪节制，意蕴饱满。

《凡我凝视过的》：“我”凝视过的事物，有的在风中散去，有的悄悄生长苔藓，在周期性幻想中，“来年墓碑前又春草澎湃”。诗写得曲折起伏，真切感人，给读者留下深刻的印象。

《自然生长》：“从前总设想一些情节练习长大”，“而情绪质地轻薄，不足为外人道”，道出了自然生长中的困境。

杨钧涵的诗敢于深入内心，揭示出人与现实的关系，在表达上别具一格，有一定的艺术感染力。

沈跃进，金牛座，戴着一副眼镜，文文静静的，有着一张稚气未脱的脸。他喜爱读诗写诗、音乐与旅行，喜爱一切美与不彻底的事物。

《日常》：“百年后/你还将是我的现在”。“数十年如一日的阳光，升腾/又消灭了”。在这样的日常生活里，他来生愿作一只鸟，“在微尘中长鸣”。诗的视野开阔，意境悠远。

《想念》：“黑暗不过是一种不为人知的安静”，“姐姐的头发一束一束漏出来”，这样的句子能够给人留下深刻的印象。

《有情》：“小雨后，山还是山/一床的空酒瓶/一下子过了十年”。这样的“有情”令人快乐而又伤感。

《惶然录》：“今年二十岁/……/看见风慢动作吹起山楂花的眼睑/……/原来一个影子里也可以有月亮零落的香味”。这样的“惶然”令人难忘。

沈跃进的诗含蓄，有内涵，有张力，令人回味。

齐亚诗是一个活泼、爱笑、有趣味的人。她爱好读书、写诗，志向是老了能回村种田、煮锅巴粥。

《夜晚的番薯洞》：“今夜/的星星/如瓶注水/与番薯共生”，“成为我/零碎　卷曲的影子”，写出了自己内心的一个夜晚。

《落褐》：“不是落红　也不曾怀柔/是一场旷日持久的/树的阴谋”，写出了新的角度。

《坐在高速公路上看太阳》：坐在这个地方看太阳，新颖，有想象力。

《倒立》：“栗子空壳内部/倒立　一排排/晃动生命的　绯色血管/少女站得笔直”。这种倒立来自“自转”，受惊的“我”有点不知所措。

齐亚诗的诗歌是由内而外前行的，在叙述上也较为节制。

孙晓溪的诗歌写作大胆、新奇、灵动，有较大的潜力。

《熟睡的列车》：“有时在夏天/也会梦见枣红色/许多处骨骼咯吱作响/沉重/使人思考边界/……/温和的骚动/形容一场公共睡眠”，这样的诗句很有想象力和张力。

《大众新闻》：“手拉手，并不孤独/地/观看别人/……/我也想/完美/街头和酒”，写出了大众新闻的另一个场景，或者说一个新的视觉。

《画》：“彩色就是武器/被击中就是被宽慰/被刺穿就是被信仰/……/黄昏涂满锈红/事物漂浮且虚构”，这样的语言，达到了某种陌生化的效果。

陶金平的诗以较为独特的方式写出了自己对事物的感受，含蓄，有意味。

《111》：“做一些愚蠢的事情，左右/交换地，用一只腿走路/蹦蹦跳跳”，或许这就构成了日常现实的一个事件。

《后现代死亡》：“我要大理石墓碑，墓志铭是/‘恕我不起来了’/宋体，五号字，加粗/……/埋个闹钟在地下/我会健康生活/按时起床”，写得生动而有趣。

《195》：“我们毛茸茸的，爱谈天，谈星星/河流、挤来挤去的小动物/……/手术刀掉进/玻璃胃，冰凌凌的/那样咣当一响”，以新颖的笔法写出了内心的感受。

《203》：“以一株植物的方式/假寐并进行光合作用”，这样的表达使读者能够感受到生活之外的东西。